EVE

MELTEM ARIKAN

1968, Ankara doğumlu. Hacettepe Üniversitesi Büro Yönetimi'nden mezun. Evli, Ege adında bir oğlu var. 1991-1995 yıllarında çeşitli edebiyat dergilerinde öyküleri ve denemeleri çıktı. Bu kitabının dışında iki romanı daha vardır: *Evet... Ama... Sanki* (İmge, 2000) ve *Kadın Bedenini Soyarsa* (Everest, 2002) adında iki romanı yayınlandı. Ayrıca, etkili iletişim ve doğru beden dili kullanımı konusunda araştırmalar yapıp eğitimler veren Arıkan, halen Enersis A.Ş.'nin iş geliştirme grup başkanı ve yönetim kurulu üyesidir.

MELTEM ARIKAN

Evet... Ama... Sanki...

§

Türkçe Edebiyat 44

Evet... Ama... Sanki
Meltem Arıkan
www.meltemarikan.net

Kapak tasarım: Mithat Çınar
Dizgi: Hülya Fırat

Birinci Basım: Şubat 2000 (İmge)
İkinci Basım: Eylül 2003 (Everest)

ISBN: 975 - 289 - 097 - 0

Baskı ve Cilt: Melisa Matbaacılık
Tel: (0212) 674 97 23
Fax: (0212) 674 97 29

EVEREST YAYINLARI
Ticarethane Sokak No: 53 Cağaloğlu/İSTANBUL
Tel: 0 212 513 34 20-21 Fax: 0 212 512 33 76
Genel Dağıtım: Alfa, Tel: 0 212 511 53 03 Fax: 0 212 519 33 00
e-posta: everest@alfakitap.com
www.everestyayinlari.com

Everest, Alfa Yayınları'nın tescilli markasıdır.

Çok Sevgili Babaannem Fikriye Hanım'a
ve Ege'ye...

1

Zaman, zaman içinde akarken
Bir bebek ağlar derinden
Tutmak için uzandıkça
Kaçışlar benden kendinden

Anları izle... Ve bir andan ötekine, ne olduğunu fark et ki özgürleşebilesin...

Evet evet, artık daha fazla beklemeye tahammülüm yok. Artık geçmişin ve geleceğin edinimleriyle ilerleyemiyorum.

Anlar, anları kovalarken, ben zamanlarımı yitirdim. Evrenin zamanını, biyolojik zamanımı, toplumsal zamanı... Zamanlarım artık kesişmiyor ve ben yitiyorum sanki...

Doğallığa açım; bu öylesine bir açlık ki, artık bana sus payı olarak sunulan havuçlar, açlığımı bastırmıyor. Tam tersine, içim daha da kazınıyor. Duyularım, git gide işlevlerini yitiriyor. İçi boşaltılmış sözcüklerden duyamıyorum. Sessizliğin tadı artık çok yabansı. Tanıdık, bildik kokular da yok, ama hep metalik sarı kokusu var burnumda. Çok duyulu insanım diye geçinen ben, şimdi duyusuzlaşıyorum.

Bu, öyle bir an, öyle bir nokta ki, kara delik gibi tanımsız. Emiyorum, şişiyorum, kabarıyorum, büyüyorum... Ne olacağım ya da ne olduğum, ancak patlamamdan sonra adlandırılabilecek. Bu, hem büyüleyici, hem korkunç... Her şeyi yapabilirim, her şey olabilirim. Sanki, öyle bir kaçınılmaz ki...

Artık sabrım yok, anılarım yok, inançlarım yok, zamanım yok, köşelerim yok ve hatta sınırlarım da...

Sıfır noktasındayım, yok olmanın kıyısında belki de yok olmuşlar yokuşunda. Ancak şimdi kendimi özgürleştirebilirim. Bunun için de "O"!..

Artık, bir şeyler isteyip yapmazlık yok. Madem ki sıfır noktasındayım, o zaman, ben de O'nu referans yaparım. O'nu izleterek kendimi özgürleştiririm. Kendi kendime yapmaktan korktuğum her şeyi O'nun aracılığı ile gerçekleştiririm. Ne de olsa, en yakınımda "O" var. Bir kerecik kendim için onu kullanacağım; hem O'na hiçbir zarar vermeden.

Evet evet, bu serüveni yaşayacağım ve bu, benim gözdağım olacak. Kime mi?..

2

7 Mayıs, Cuma

Başkentin hep kalabalık, hep gürültülü, hep koşturmacalı bulvarının kenarında, gülen bir bina dikkat çeker. Kendine mi güler, yoksa burada çalıştıkları için içerdekilere mi, bilinmez... Burası güzel bir sanat galerisi, bir kitabevi, hatta huzurlu bir kafe bile olabilir ama...

Binanın önündeki kocaman "Gazete" yazan tabela ile binanın çelişkisi, anlatılmayanı anlatıyor aslında. Gazete denilince upuzun, mavi camlı, bol metalli bina imgeleri canlanıyor şimdilerde; görüntüsü uzaklaştıran, yakınlaştığınızda soğuk şarkılarını duyumsadığınız, sizi küçümseyen ve önemsizleştiren mezarlıklar gibi ürkütücü...

"Baş döndürücü değişimlerin yaşandığı, 1900'lü yıllarda" diye başlıyor zaten artık tüm tümcelerimiz ve düşüncelerimiz. Modernleşme, değişim, çağı yakalamak, teknoloji donanımı, medya ve plazalar ve ticaret merkezleri... Bu gazetenin İstanbul'da uzun ve mavi camlı binası yok henüz. Ama, günün birinde mutlaka olmalı... Tıpkı İstanbul'da, tıpkı Ankara'da bu binaların mutlaka çoğalması gibi...

İş adamlarımız ve çok çok erkekli devletimizin de yüklendiği bir yarış bu... Avrupa'ya, hatta dünyaya da bir meydan okuma; uzun, mavi ve teknolojik harikalarımızla; ötesi, öncesi, bedeli; ne önemi var ki...

Belki de erkeklerin ortaokul yıllarında, kiminki daha uzun yarışmasının format değiştirmiş halidir. En uzun binayı ben yaptırıyorum... Daha uzun, daha uzun, ama daha geniş değil...

Bulvarda da eski ve yaşayan binalar yavaş yavaş yerlerini mavi camlı, uzun ve akıllı binalara bırakırken, kocaman pencereli, rustik parmaklıklı, kısa boylu ve duvarları sarmaşıklarla örtülü bu bina direniyor işte ve gülümsüyor, hem de inatla...

Gazetenin bu gülen binası, çağdaşlaşmamanın keyfini ve ayrıcalığını yaşıyor. Onu yıkıp yerine modern bir iş merkezi yapmak için çok uğraşmışlardı. Ama, sahibi inatla direnmişti. Ne de olsa eski kafalı biriydi, paranın gücünden habersiz zavallıcık!.. İşte o da tüm yaşanmışlıkların bilinciyle, geçmişten bugüne kendisini taşıyor, dimdik ayakta ve gururla...

Binanın içi de dışı gibi uymazlıklı. Kapıdan girerken geçmeniz gereken elektronik aletler yok, üzerinizi küçük bir aygıtla arayan güvenlik görevlileri de. Asansörler yok, sizi izleyen kameralar da, metaller, mermerler yok, yok, yok...

İçeride, ahşap mobilya ağırlıklı bir salon çıkar karşınıza. Yerde, paspasa dönüşmüş eski bir halı durur, ne kırmızısı kırmızıdır, ne sarısı sarı, ne de yeşili yeşil; gene de o halı durur orada. Köşede kocaman bir kütüphane, tozlu, tıklım tıklım kitaplar. Ortada popoları taşımaktan çökmüş kahverengi koltuk takımları, yorgun ama dirençli sehpa, üzerlerinde dünkü, bugünkü, yarınki gazeteler...

Salonun köşesinden, sinsi sinsi sizi süzen merdivenler görünür. Merdivenlerin önünde, eski bir masa ve masanın arkasında gülen gözlü, sıcacık, çiçek kokan bir genç kız. Rengi solmuş masa, parmaklıklı merdivenler, gülen genç kız öyle bir fotoğraf ki, baktığınız an her şeyin donduğunu sanırsınız. O kız hep sıcacık, hep genç; masa ve merdiven hep hep hep...

Merdivenleri çıkmaya başladığınızda, donukluğu yitirirsiniz. Çünkü, basamakların fısıldaşmasını duyarsınız. Yirmi basamağı çıkınca, birinci kata ulaşırsınız. Yan yana, küçücük odaların karşısında, köşe yazarlarının büyük odaları ve dipte temsilcinin büyük büyük odası bulunur. İkinca kat da, birincinin tıpa tıp aynısıdır. Bu katta, büyük büyük oda toplantı salonu olarak kullanılmaktadır. Her katın girişindeki holde sekreterya bulunur. Çalışanlar için, spor salonları, yüzme havuzları, kafeteryalar yerine; camlarda çiçekler ve dostluklar vardır.

Seçkin, gazete binasından içeri girerken yine gülümsüyordu. O, hâlâ camlarına kuşların konduğu bir yerde çalışıyordu. Ama, acaba çıkarttıkları gazete ne kadar farklıydı? Keşke farklı olabilseydi... Ama, olamıyordu işte...

Odasının kapısını açınca, yüzünü buruşturdu. Odayı temizlerken, neden camları açmazlar, anlayamıyordu. Oda, buram buram sigara kokuyordu. Hemen camı açtı, sonra bilgisayarını ve radyosunu. Odasına girdiğinde, tutuklanmış gibi hissederdi kendisini ve bilgisayar ve müzik ve temiz hava bu hissi azaltmaz, bu yüzden de kapısını hiç kapatmazdı.

Kapının karşısında, gazetenin kuruluşundan beri orada durduğu söylenen, ceviz olduğu için kimi yerleri hâlâ cilalı, ahşap görünümünü koruyan, birazcık gün görmüş, elden ayaktan düşmüş yaşlı bir orospuyu andıran masa, masanın önünde de ahşap bir sandalye ve sehpa dururdu. Sandalye sık sık odasından çalındığı için, bacaklarından birini, masanın bacağına, bisiklet kelepçesi ile bağlamıştı. Zaten küçük olan odanın sağı solu kitaplık olduğu iddia edilen raflarca işgal edilmişti. Bu yüzden odaya giren bir yabancı, ancak o sandalyeye oturursa rahat edebilirdi, ikinci kişinin ise hiç şansı yoktu... Masasının arkasında, odasının tek lüksü olan penceresi vardı. Pencereden görünen kestane ağaçlarının yaprakları, yazın camlara kadar uzanır, bu görüntü hiçbir şeye değişilmezdi. Şimdi de, baharın müjdesini taşıyordu ağaçlar. Pencereye yaklaşınca, arka bahçedeki gülleri, akşamsefalarını görebilirdi; ama, sabahları çoğunlukla görmeden bakardı.

Bu küçücük odada, kibrit kutusuna kapatılmış örümcek gibi hissediyordu kendisini. Kımıldayabilse, belki şimdiye kadar örülmüş ağların ötesinde ağlar örebilecekti, ama kımıldayamıyordu işte..

Kâğıtlar, kitaplar, gazeteler ve gene kâğıtlar; karmakarışık bir halde masasına kümelenmişti. Sekreter, yeni gelen mektupları masasındaki evrak kutusunun üstüne koymak yerine masaya bırakırsa, bazen aylarca fark etmez; önemli bir şeyleri kaçırır, sonra da deli gibi sekretere bağırırdı. Yine de bu sık sık tekrarlanırdı. Neyse ki, bugün mektupları evrak kutusundaydı. Mektuplar, masası, kâğıtlar... Canı sıkıldı...

Gazetedeki koşturmaca başlamıştı yine. "Acil! Çabuk! Hâlâ burada mısın! Ahmet!" seslerine, hiç durmayan telefonun zilleri, dırt-dırt-dırt diyen yazıcıların mekanik seslenişleri ekleniyordu. Kaos, panik ve teknolojiyle dans ediyordu...

Masasına oturduğunda, artık iyice bunalmıştı. Evrak kutusundaki zarfları eline aldı. Elleri... Ellerine baktı alıcı gözüyle ve kadınlara hak verdi yine. Gerçekten de baktıran ve etkileyen ellere sahipti. "Bu ellerle çok iyi ressam olmasan da, ressamlara çok iyi model olursun," demişti ortaokuldaki hocası ve resim derslerinde de sık sık onun ellerini çizdirmişti. İnce, uzun parmakları, teninin beyazlığı ve geniş tırnaklarının pembeliği; sanki ellerine her gün birileri bakım yapmaktaydı. Beraber olduğu kadınlardan da sık sık aynı sözleri duymaya alışmıştı: "Ellerin öylesine güzel ki, bu parmakların dokunuşlarını tatmak isterim..." Gülümsedi. Elleri...

Yığılan zarfları açmaya koyuldu. Aslında gelenler dünkülerden farklı değildi ya da yarın geleceklerden. İsimler, konular, yerler değişse de içerikleri değişmezdi. Aynılara hapsolmuş, bir tutsak muhabirdi. Heyecanlı, hareketli, bol sürprizli olduğu için seçtiği meslek; şimdilerde heyecanlarını tüketiyordu arttıracağı yerde. Haberin içinde olmak, duygulanmak, vücudundaki atomların bile haberin içinde hareket etmesini beklemek... Açtığı her zarf, onun düşüncelerini onaylarken; bıkkınlığını arttırıyordu. Son zarfı da işte bu ruh haliyle açtı, okumaya başladı. Mektup, bilgisayarda "arial black" karakterinde yazılmıştı. Lise yıllarında bir dönem, el yazılarından karakter tahlilleri yapmak en büyük merakıydı. Tahminleri isabetliydi. Ama, nedense sonradan sıkılmıştı. Yine de o dönemden kalma bir alışkanlıkla, şimdi de bilgisayarda yazılmış mektupların önce karakterine bakıyordu. Alışkanlıklar bazen insanları...

Sayın Seçkin Ersin,

Bu mektubu lütfen sonuna kadar ve dikkatle okuyun.

— Peki okuyorum zaten.

Sizinle, en az altı aylık bir sözleşme yapmak istiyorum. Bu süre içinde, gazetedeki işinizi de aksatma-

yacağınızı tahmin ediyorum. Teklifim süresince, elinize ayda iki bin dolar, sözleşme sonunda da on bin dolar geçecek. Masraflarınız da, tarafımdan karşılanacaktır.

Mektubun devamını okumadan, isterseniz derin bir nefes alın.

Kendini, derin derin nefes alırken yakalayınca güldü. Hemen de kaptırmıştı.

Seçkin Bey, Sedat Halit'in eşi Ilgım Halit'i izleyeceksiniz.

Bu defa, bilerek ve isteyerek derin derin nefes aldı. Ilgım Halit'i takip etmesi isteniyordu, ama niye?.. "Birileri kesinlikle benimle kafa buluyor, kim talep eder ki böyle bir şeyi, hem de neden beni seçsin ki?" Bir anlam veremedi. Bu işte bir acaiplik vardı ama...

Bu anlaşma süresince, Ilgım Halit'in evinin tam karşısında; sizin için hazırlanmış bir dairede kalabileceksiniz. Sizden, haftalık raporlar isteyeceğim. Soruları ben soracağım, resim yok, ses kaydı yok, sizin bana verdiğiniz bilgiler benim için yeterli ve doğru kabul edilecektir. İşin sonuna kadar kimliğimi bilmeyeceksiniz. Ancak, işin sonunda kendimi tanıtacağım.

Bu anlaşmadan hiçbir koşulda, hiç kimsenin haberi olmamalıdır. Ilgım Halit'i izlerken, sizi zor duruma sokabilecek hiçbir isteğim olmayacaktır.

Düşünmek için bir gününüz var. Çünkü, değil günler, anlar bile benim için çok değerli. Eğer koşullar, sizin için uygunsa, yarın sabaha kadar Kader Sokak, no: 21/6 adresine giderek, kapıcıya kimliğinizi gösterip kullanacağınız daireyi görebilirsiniz. Orada, ikinci bir mektup daha bulacaksınız. Anahtarı almanız, anlaşmayı kabul ettiğinizi gösterecektir.

Burada gerçek bir adres var. Şaka bu kadar ileri gidebilir mi? Gider!.. Ama bu bir adres, kapıcıda ismim, anahtar, ikinci bir mektup... Gerçek olabilir mi? Olabilir!.. Ama niye?..

Seçkin Bey, yaşam daima bize fırsatlar sunar. Bazen bunu öylesine garip yapar ki biz, doğru mu, yanlış mı, iyi mi, kötü mü diye düşünürken fırsatı kaçırıveririz. Sonra da şansımıza küseriz. Hiçbir zaman, fırsatlar 'ŞANS' yazılı bir zarfla gelmez.

6 Mayıs, Perşembe
Saygılarımla
...

İmza yerindeki üç noktaya takıldı, el yazısından tahlil yapmak, şimdi bu "noktalar"ın açıklanmasına yardımcı olmuyordu. Noktalar, mektup, Ilgım Halit, serüven, takip; düşünceleri kilitlendi. Kalakaldı.

Bu bir şakaysa, adrenalinini yükseltmeyi başarmıştı. Gerçekse, ilginç bir teklifti, farklı bir şeyler onu çekiyor, o da çekiliyordu. Para, umurunda bile değildi. "Yok yok, eminim bu bizim çocukların tezgâhladığı bir şaka. Aydığımı hiç belli etmeyerek..." Gülümsedi. Ela gözlerinde şimşekler çaktı. Masasında gerindi, mektubu ters olarak ajandasının içine bırakıp, koridora çıktı. Oda kapıları açık olunca, odada oturanlarla koridorda gezinenler birbirlerini rahatça görebilirlerdi. Koridor boyunca etrafı süzerek turladı. Ama herkes işiyle meşguldü, kimsenin ona baktığı yoktu.

Merdivenlere doğru ilerlerken, "İyi tezgâhlamışlar... Bu, olsa olsa piç Rıfat'ın işidir," diye düşündü. Basamakları ikişer ikişer çıkarken, "Hesaplaşacağız," dedi kendi kendine. İkinci kattaki Rıfat'ın odasında kimseler yoktu. İçinden, "Bu kadar kolay lokma mıyım?" diyerek indi merdivenlerden. Rıfat, aslında lakabının fazlasını hak ediyordu da... "Piç herif, anadan doğma piç! Tabii benim zaaflarımı biliyor. Yeni insanlar, bilinmezler, macera... Hani gerçek olsaydı, rahatlıkla kabul edebilirdim. Seçim de fena değil: Ilgım Halit. Yanılmıyorsam, güzel bir kadındı. Ulan Rıfat, canına okumazsam bana da..." Masasına oturmak gelmedi içinden. Çay ocağından duble kahve istedi, bir sigara yaktı. On adımlık odasında dolaşmaya çalıştı. Ama olmadı, ofladı. Koltuğunu cama doğru çevirip oturdu, aklı karışmıştı. Ilgım Halit'i takip etmek, hem de nedenini, yaratacağı sonuçları bilmeden. Birini takip edecek, üçüncü bir şahsa da bilgiler verip yorumlar yapacaktı. Peki buna hakkı var mıydı? İyi de, bunun röntgencilikten ne farkı vardı? Röntgencilik! "Aslında, gazeteciler olarak bizim yaptığımız da, habercilik adı altında röntgencilik olamaz mı?" diye düşündü. "İnsanlardan habersiz, onları izleyip sonra da zevkle yazmıyor muyuz? Adı, haber ya da gazetecilik olmuş. Acaba, bastırılmış duygularımızı bizler de böyle mi yaşıyoruz? Hep, bir şeyleri başka şeylerin arkasına saklayarak... Şu aklımdan geçenleri, meslektaşlarım bir duyarsa, beni önce meslekten ihraç ederler, sonra da mahkemelerde süründürürler. 'Sayın Hakim, meslek haysiyetimizle oynayan bu adam...' İyi ki düşüncelerimizin sesleri yok. Hem belki bu işte, haber yapabileceğim malzemeler geçer elime." Yine gazeteci kimliğine bürünmüştü işte.

Sıkıntılı olunca sık sık yaptığı gibi, ellerini saçlarının kıvrımlarında dolaştırmaya başladı. Neden sanki gazeteciliği seçmişti? İki sene mühendislik okuduktan sonra vazgeçip, basın-yayına girmişti. "Mühendislikte sürpriz yok, işleri monoton, bakış açıları son derece dar. On tane matematik formülünü ezberleyen, kendisini her şeyi bilen tanrı zannediyor," diye açıklamıştı okulunu bırakma gerekçesini. Yıllar önceki sözleri, bugün gibi aklındaydı.

İş hayatına girince, her yerde, her meslekte tanrıların olduğunu anlamıştı. Anladıkça, yaşadıkça, gördükçe bir şeyler kırılmıştı içinde. Gün be gün, bozuk musluktan damlayan su taneleri gibi, kırılan parçaları da akıp gider olmuştu. Genel yayın yönetmeni tanrılar, köşe yazarları tanrılar, reklamcı tanrılar, yazar tanrılar... Ankara'da yaşarken, Olympos'ta yaşadığını sanıyordu. Çevresinde bu kadar çok tanrı olunca da, o var olamıyordu. Ya tanrı ol, ya da yok ol!

Düşünen, yaratan, yazan, çizen; hem de yaptıkları, yazdıkları ile binlerce kişiye ulaşan insanların maskeli yüzlerini, tavırlarını, ayak oyunlarını, yalanlarını, riyakârlıklarını ve güç tutkularını gören Tanrı; belki de istifa etmiştir Tanrılıktan ve kendine yeni bir isim, yeni bir imaj, yeni bir görev tanımı yapmak için de, yerini şimdilik sanal Olymposlulara bırakmıştır. Hem belki içinden de gülüyordur, "Hele bir yeni imajımla çıkayım da ortaya, o zaman göstereceğim gününüzü hepinize," diye.

Camdan, yeşermekte olan ağaçları seyrediyordu şimdi. Odası bir akvaryum, o da akvaryumda sıkılan, dış dünyayı anlamaya çabalamayan bir balıktı. Havada, baharın coşkusu pırıl pırıl uçuşurken; cam, pırıltıların ona dokunmasına engel oluyordu. Dışarısı, içerisi, ağaç, sandalye, güneş ve o; aynı dünyada, ama parçalı boyutlardaydılar sanki. Ağaçlara özeniyordu. Her mevsim farklılaşan yeni yapraklar, yeni çiçekler, kuru yapraklar, çiçekleri dökülmüş, çırılçıplak. Neden sanki kendisi her mevsim yenilenemiyordu!.. Neden hep, hep heplerin ağırlığı hep ruhunda, yaşı ile beraber büyüyorlardı. Pencereden, odasına sızan çocuk seslerine kulak kabarttı, özenle tek tek tuttu onları. O seslerden bir tünel yaptı. Oluşturduğu ses tüneli, onu çocukluğuna taşıdı.

Küçükkuyu'ya kaçmak istiyordu. Tıpkı orada büyürken de, hep büyük şehire kaçmak istediği gibi. Limandaki iki katlı evleri, balıkçı tekneleri, yazları insan dolan, kışları ise sessizliği ağırlayan liman. Limandaki balıkçı kahvehaneleri, çocuk parkı ve birkaç küçük restoran. Ve sanki zaman, orada zamansızlıktan hiç sıkılmıyor gibiydi. Günlerin, ayların, haftaların hiç önemi yoktu. Çünkü, orada zamanın acelesi yoktu. Hatırladığı anılarında da her şey var, zaman yoktu. Bir tek yazlar ve kışlar vardı. Çünkü, yazları Zeynepli idi, kışları ise yalnız. Televizyona bile yabancıydı. Onların çiçekleri vardı, kayalıkları, deniz kestaneleri, denizi, kumları, bir de şiir kitapları.

Annesi, Seçkin daha yedi yaşındayken ölmüştü. Ölümle çok küçük yaşta tanışmış ve o vakit yadsımıştı ölümü. Çocukluğuna dair anılarında üvey annesi vardı. Suskun, mesafeli, belki de ilgili. Sesini yükseltmez, yakınmaz, kahkaha atmaz, ama surat da asmazdı. Bu dünyaya ait olmadığını bilen, burada olduğu için de yakınmayan bir ruh gibiydi. Babası da içine kapanık bir insandı. Köyde, babasının babasından kalma, dönümlerce zeytinlikleri vardı. Babası balıkçılık yapardı. Kendine ait küçük teknesiyle, aslında iyi de balık tutardı. Para sıkıntıları hiç olmamıştı. Zeytinlikler ise zeytin, zeytinyağı ve para demekti. Balık ve sessizlikti babasının hayatı. Onların evindeki dil de sessizliğin diliydi, sesler hepsine yabancıydı. Bir tek sessizliğini paylaştığı Zeynep vardı. Kışlar, Zeynepsiz uzadıkça uzar, o içine kapanırdı ve yazın, Zeynep kapattığı kepenklerini tek tek açardı. Yüzerken de bedenlerini birbirlerine açtıkları gibi. Kimseye söylemezlerdi, ama bazen mayolarını çıkarır, çıplak yüzerlerdi. Sadece bir kez dayanamamış ve Zeynep'in fındık kadar memesine bir öpücük kondurmuş, sonra da utancından saatlerce kızın yüzüne bakamamıştı. O günden beri de, ne zaman bir kadının memelerini öpse, hep o tanıdık, tuzlu, deniz tadını duyumsardı.

Telefonun sesiyle, ses tünelinden odasına düşünce sersemledi. O kendine gelene kadar, telefon da hiç susmadan çalmaya devam etti. Telefonu açar açmaz yüzünü buruşturdu, arayan gazetenin Ankara temsilcisiydi, onu çağırıyordu. Ayaklarını sürüye sürüye çıktı odasından, koridor boyunca da ağır ağır ilerledi, temsilcinin odasına süzülerek girdi.

Siyah kısacık saçları, yuvarlak çerçevesiz gözlükleri, simsiyah gözleri, kısacık bıyıkları ve kocaman göbeği ile koltuğuna yayılmış bir denizanası gibiydi adam. Kaygan, peltemsi ve iç bulandırıcı. Kocaman odasındaki modern görünümlü mobilyalar, adamın bulandırıcılığını azaltmıyor, tam tersi vurguluyordu. "Denizanası sudan çıkınca iyice pelteleşir, sonra da yavaş yavaş buruşur, kurur ve yapışır, aynı bu adam gibi," diye düşündü.

Temsilci, odasına giren Seçkin'e baktı. Ne oturuşunu bozdu, ne de yüzündeki aşağılayıcı ifadeyi. "Gel, otur," dedi, emir veren ses tonuyla. Seçkin, ağır adımlarla ilerlerken, temsilci de onu süzdü. Temsilcinin masasının önündeki deri koltuklardan, kapıya yakın olanına oturdu.

— Seçkin, son günlerde haber diye getirdiklerinden hiçbirini gazeteye koyamadık, farkındasın değil mi?

— Evet, ama...

— Muhabirlik hoşuna gitmiyorsa demeyeceğim, çünkü başka bir şansın yok; ya bu, ya hiçbir şey.

"Muhabirlikten başka şansım yokmuş. Tabii olmaz, ben sizin gibi sürekli başkalarının altına yatmıyorum ki. Allah bilir, alta yata yata karısı ile de sevişemez olmuştur. Yatakta ileri geri, ileri geri gitmekle işini yaptığını sanan, sonra da boylu boyunca yatağa uzanan, kaygan..."

— İyi de abi, var olan haberleri size getiriyorum. Ama bunlar size yetmiyor.

— Var olan haberleri tüm gazeteler yazıyor. Önemli olan, var olmayanı bulabilmek ya da yaratabilmek.

— Peki. Benim yaptığım araştırma dizileri oldukça tutulmuştu. Yine öyle bir çalışma yapsam?

— Nasıl?

— İşinde başarılı bir insanın, özel hayatında zaafları, başarısızlıkları olabilir, değil mi?

— Evet.

— O zaman, başarının genelde geçerli olmadığını vurgulayan, iş hayatında başarılı insanların özel hayatlarındaki zaaflarını ya da başarısızlıklarını ele alan bir araştırma dizisi hazırlasam.

— Hıı! Haber kadın gibi ürkektir, onu kışkırtmak gerekir. Olaya böyle bakabilirsen...

Seçkin, bu sözleri duyunca, saçlarını karıştırmaya başladı, "Kadını kışkırtmaktan anlarmış gibi... Peki ama, kadın gerçekten haber gibi değil mi? Haberin de peşine düşünce, kadın gibi kaçmaz mı?" diye geçirdi içinden. Ama, bir şey söylemedi.

İkisi de sessizlikte birbirlerine baktılar, birbirlerinden sıkıldılar. Seçkin izin istedikten sonra, odadan gene ayaklarını sürükleyerek çıktı. Odası boşalan temsilci, derin bir nefes aldı. Seçkin'in soğuk bakışları onu rahatsız ediyordu. Arada sırada onu işten atmayı düşünürdü. Ama, dikbaşlı ve uyumsuz olmadığı zamanlarda araştırma dizilerinde başarılı oluyordu.

Odasına döndüğünde, boş gözlerle bilgisayarına baktı. Elektronik posta kutusu bugün boştu. Eli, sabahki mektubu bulmuştu yine. Tekrar okudu. Tekrar, ikircikliydi...

"Seçkin" sesiyle irkildi. Seslere bir türlü alışamamıştı. Kafasını kaldırınca, Rıfat'ın sırıtan yüzüyle karşılaştı. Elinde mektup, karşısında Rıfat. Mektubu çaktırmadan masasına koydu.

— Hadi çıkmıyor muyuz?

— Nereye?

— Oğlum öğlen oldu, yemeğe.

— Hıı, hiç farkında değilim.

Rıfat'ın gözlerinin içine baktı. Acaba, mektupla ilgili bir ipucu var mı diye. Gözler açık vermedi. Dışarıda yol boyunca ve kebapçıda yemek boyunca, hep izledi, ağzını aradı; ama, hep yanıtsız kaldı. Rıfat, kızıl saçları, siyah gözleri, ufak tefek bedeni ve tombiş yanaklarıyla kıpır kıpır bir şeyler anlatıyor, anlattıkları ise şimdi Seçkin'i ilgilendirmiyordu.

Öğleden sonra, boş boş oturdu. Akşamüstü, Vakko'nun bahar defilesine gitmesi gerekiyordu. Sıkılarak saatin gelmesini bekledi. Rıfat da fotoğraf çekmek için onunla gelecekti. Rıfat'ı seviyordu; densizliğini, umursamazlığını, her şeyle alay etmesini. "Akşam eve giderken de balık alayım," diye düşündü. O adrese gidecek mi? "Evet!" "Hayır!" "Belki?" Nereden çıktı bu mektup, tam da şimdi.

Defilenin kokteylinde salon tıklım tıklımdı. Hani kimi arasanız, burada bulabilirsiniz türünden. Alışkanlıkla, gözleri hemen salondaki en güzel kadını aramaya başladı. Bugün seçmek zor olacaktı. Rıfat, sürekli resimler çekiyor, kadınlar da poz veriyordu, hatta bazıları, fark edilmek için daha bir ortalara çıkıyordu. Hep nefret etmişti böyle kalabalıklardan, yapış yapış hissediyordu havayı. Yapışkan, nemli, yapay ve ışıltılı.

Seçkin, gitmek için can atıyordu; ama Rıfat oralı değildi. "Bir içki daha al ve biraz daha dur," dedi. Belli ki, iyi pozlar yakalama umudundaydı. Taşıdıkları renkli içkilere inat, ifadesiz yüzleriyle ortalarda dolaşan garsonlardan, bir bardak kırmızı şarap alıp sakin bir köşeden kalabalığı izlemeye başladı. Şişman, zayıf, kısa, uzun, sarı, siyah, kızıl kadınlar, kadınlar, kadınlar.

Seçkin, Rıfat'ın yanına kalabalıktan zorlukla ulaşabildi. Rıfat, rehber gibiydi, yüzleri, isimleri, hikâyeleri her zaman bilirdi.

— Rıfat, Ilgım Halit'i tanıyor musun?

Gözbebekleri, Rıfat'ın gözbebeklerindeydi; yalan söylerse yakalamak için.

— Tabii ki tanıyorum, laf mı? Sen de tanırsın.

— Evet, ama görsem çıkaramam.

— Biraz önce gözüme ilişmişti. O, resim çektirmekten hoşlanmaz. Galiba kapıya yakındı. Gel o tarafa doğru yürüyelim.

Kapıya yaklaşırken; Seçkin'i durdurdu. Kapının hemen yanında, birkaç kadın hem konuşuyor, hem de etraflarını süzüyorlardı.

— Bak şimdi, şu gruptaki uzun boylu, saçları topuz olan var ya, işte o Ilgım Halit. Sahi neden sordun?

— Hiç, öylesine merak ettim.

Rıfat, bu yanıtı pek inandırıcı bulmadığını gülüşüyle söyledi. Ama, kelimelere dökmedi.

— Etkileyici bir hatun değil mi?

Seçkin, Ilgım Halit'e tekrar baktı.

— Eh işte.

— Abi hem zor beğenirsin, hem de dişi sinek olsa içine düşersin.

— Boş versene. Sonuçta bütün kadınlar aynı değil mi?

— Tabii nereden baktığına bağlı. Ama haklısın tabii, altı üstü...

Rıfat, makinesini ayarlayıp Ilgım Halit'in de içinde olduğu gruba doğru ilerlerken; Seçkin belleğini zorluyordu. Yavaş yavaş anımsıyordu sanki, bu yüzle sık sık karşılaştığını. Elinde olmadan Ilgım'ı inceliyordu. İnce, uzun yüzündeki gözleri iri iri, masmavi ama dalgalıydı. Küçük, ama düzgün burnu ile kalın dudakları yüzünde çocuksu bir masumiyet yaratıyordu. Çok hafif bir makyaj yapmış ve ruj kalemi kullanmamıştı.

Seçkin, kadınlarda fazla makyajdan hoşlanmazdı; ama dudakların kenarına çizilen çizgileri çok etkileyici bulurdu. Dudakların ayrı bir yeri vardı onda. Ilgım Halit'i incelemeye devam etti. Uzun boylu, iri göğüslüydü. Siyah pantolon, siyah ayakkabı ve eflatun bir gömlek giymişti. Gömleğinin açık düğmelerinden, bitişmiş göğüslerin çizgisi görünüyordu. Konuşurken mimiklerini, ellerini, kollarını kullanmıyordu; yüzünde, değişmeyen bir tebessüm vardı. Hoş bir kadındı. Deniz mavisi gözleri, serinleticiydi.

— Hadi gidiyoruz.

Yine irkildi Rıfat'ın sesiyle. Ilgım Halit'i izlemeye öylesine dalmıştı ki. Temiz havaya çıkınca rahatladı, aç karnına fazla şarap içmişti. Rıfat gazeteye gitmiyordu, ama Seçkin, önce gazeteye dönerek bugünkü defileyi yazıp, sonra da arşive bakmak istiyordu. Her ikisi de, farklı yönlere giden taksilerle ayrıldılar birbirlerinden.

Gazeteye geldiğinde, koridor sakinleşmişti. Hemen bilgisayarını açtı ve defile ile ilgili haberi yazdı. İşini tamamlamıştı. Rıfat'ın mektuptan haberi olmadığı kesindi. Arşive indi ve ciltlenmiş eski gazeteleri karıştırmaya başladı. Sedat Halit'in yatırımları ile ilgili pek çok haber buldu. Ama, Ilgım Halit ile ilgili bir şey bulamadı. Yalnızca, Sedat Halit ile yapılan bir röportajda; Ilgım Halit ile ilgili bazı bilgiler vardı. On altı yıldır evlilermiş, aralarında on yaş varmış, İngiltere'de tanışmışlar. Sedat, orada işletme mastırını yaparken; Ilgım da, Kraliyet Akademisi'nde heykel bölümü öğrencisiymiş. Bir yıl orada beraber olmuşlar. Türkiye'ye dönünce de hemen evlenmişler. Ilgım, heykeltraşlığa atölyesinde devam ediyormuş. Hiç sergi açmamış. Çok iyi yemek yaparmış. Başka bilgi yoktu. Röportajda, iki fotoğraf vardı; karı-koca beraber çekilmiş. Fotoğraflara tekrar tekrar baktı. Kokteyldeki Ilgım'dan farklı bir şey vardı, sanki donuk ya da ezik ya da...

Daha fazla eski gazete karıştırmak istemedi, elleri simsiyah olmuştu. Ellerinin boyanmış haline bakıp güldü ve yıkamaya gitti. Odasına dönünce, eşyalarını topladı. Başının dönmesi geçmişti, ama midesi kazınıyordu. Saatine baktı, akşam yemeği saati gelmişti. Çantasını aldı, bilgisayarını kapattı. Mektuba gitti elleri. Mektup, parmaklarının arasından, soran gözlerle ona bakıyordu şimdi. Derin bir iç çekti. Mektuptaki adrese gidecek miydi? "Evet!" "Hayır!" Canı balık yemek istedi. Şöyle çıtır çıtır kızarmış tekirler canlandı gözünde, bir duble de rakı, bol limonlu roka...

Mektup, parmaklarının arasında, yanıt bekliyordu. Mektuptaki adrese baktı, sonra katlayıp cebine koydu. Şimdi bu mektup, kadın gibi Seçkin'i kışkırtıyordu.

Balıkların kokusunu duyumsadı, bir de deniz kenarında olsaydı. Dalgaların sesleri, balığın lezzeti. Deniz düştü aklına. Mavisi, kokusu, tuzu, serinliği... Güldü. Göremez ki denizin durgunluğunu bilmeyenler; gözlerdeki dalgaları, anlayamazlar ki denizin derinliğini yaşamamış olanlar; gözlerdeki derinliğin sırlarını ve mavi, deniz mavisinin gizemini...

Deniz, mavi ve balık, şu anda cebinde duran mektupla ilgili ne yapması gerektiğini söylemiyordu ona. Gazeteden çıkınca, mektubu tekrar eline aldı. Hava rüzgârlıydı, montunun önünü kapattı, içi titremişti birden. Adres fazla uzak değildi. Gökyüzünde, dolunay ona bakıyordu. "Evet!" "Hayır!" Mantığını susturdu. "Evet!"

Gördüğü ilk taksiye atladı. Sanki ne kaybedecekti ki? Ne olabilirdi? Şoföre adresi söyledi. Acaba Ilgım Hanım'ı takip ettiren kimdi? Elleri, şimdi yine saçlarını karıştırıyordu.

Adres, Gaziosmanpaşa'da ağaçlıklı ve yokuşlu bir sokaktı. Dubleks ve tripleks villaların arasında, birkaç tane üç katlı apartman ve camlardan yansıyan ışıklar. Sokak sessizdi. Sokak yalnızdı. Kalp atışları arabanın hızına yetişmeye çalışıyordu. Şoför, adrese geldiklerini söylediğinde, durakaldı. Kalbi yine susmuştu. Taksi, üç katlı, kiremit rengi bir apartmanın önünde duruyordu. Küçük balkonlu, girişi mermer kaplı bina da sanki ona meydan okuyordu.

Üniversiteyi kazandığında, üvey annesi ve babası onu ön camında Ankara yazan otobüse bindirdiğinde de aynen böyle hissetmişti. Küçükkuyu'dan kurtulmuştu. Ama, şimdi bilmediği bir kente, bilmediği bir çevreye, bilmediği bir geleceğe gidiyordu. Bilinmezlerin heyecanı, istek, şaşkınlık...

Arabadan indiğinde, kiremit renkli apartmana tekrar baktı. Apartmanın karşısında, üç katlı bir ev duruyordu. İşte Ilgım Halit'in evi, diye düşündü. Kalbi yine koşmaya başladı; nefesi hızlandı. Avuçlarının içi, soğuk ve terliydi. Evin önünde, demir parmaklıklı büyük bir bahçe vardı. Parmaklıklar, kocasını kumasından kıskanan gelin gibi sarılan sarmaşıklarla kaplamıştı. Birinci katın önündeki balkonda, sallanan bir sandalye ve kavuniçi güneşlikler duruyordu. Evin yanındaki merdiven birinci kata çıkıyordu. Anlaşılan, en alt kat üstteki katlardan bağımsızdı. Alt katın karanlığı, üst katın ışıltılarında boğuluyordu. Yeşillikler içinde, somon rengine boyalı bu ev, ona Hansel ve Gretel masalını anımsattı. Şekerlemelerden yapılmış evi yedikleri için, cadının eline düşen Hansel ve Gretel'i.

Hâlâ vazgeçebilirdi, ama, içinde bir güç ona rağmen onu yönetiyor, sanki bir şeyler onu çekiyor ve o direnmek istemiyordu. Sokağın ortasında terk edilmiş köpek yavrusu gibi durmaktan vazgeçip, çökmüş omuzlarını dikleştirerek apartmanın kapısına doğru ilerledi. "Aptal! Ne işin var burada? Sen hiç adam olamayacaksın!" çığlığı, kapıya yaklaştıkça arttı, çığlık arttıkça daha emin adımlarla yaklaştı. Apartmanın kapısını itti. Kapı kilitliydi. "Salak, hadi dön evine, balığını al, rakını koy..." Kapıcı yazan zile bastı. "Saçmalama! Bu yaptığın çok saçma. Ne olduğu belirsiz bir mektupla yola çıkılır mı?"

Kapıyı ufak tefek bir kadın açtı; başı örtülü, orta yaşlı, meraklı bakışlı... "Özür dile kadından ve hemen uzaklaş buradan."

— Kimi aramıştınız?

— Şey... "Ne söyleyeceksin şimdi, kaç hemen, hadi!" Ben altı numaralı daire için...

— Siz, Seçkin Bey denen adam mısınız?

— Evet.

— Ben anahtarınızı getireyim.

Kadın, arkasına bastığı ayakkabılarını sürüyerek merdivenlerden aşağıya indi. Kahverengi ayakkabılarından görünen işlemeli, elde örülmüş yeşil çorapları, siyah şalvarı ve onu takip eden ekşimtrak koku...

Apartmanın içinde öylece bekledi. Eli, cebindeki bozuk paralarla oynarken, karşısında duran posta kutularına baktı. Hiçbirinin üstünde isim yazılı değildi, sadece numaralar vardı, birden altıya kadar. Gözleri meraklı, inceliyordu. Giriş ve merdivenler pembe mermer kaplıydı. Duvarlar sarıydı, ama insanın içini bunaltan bir sarı. Işığa rağmen, apartmanın içi kasvetliydi. Apartmanın kasveti, ağır ağır Seçkin'i ele geçirmiş, kasvete yenilmişti. O yoktu, içindeki ses yoktu, sadece soğuk ve terli bir beden kalmıştı, kapıcı anahtarı getirdiğinde.

— Ben Cuma sabahları temizliğe gelirim, öğlene de işim biter, haberiniz olsun. Yedek anahtarım var. Bu apartmandaki tüm dairelerin yedek anahtarları bende bulunur. Hem apartmana bakarım, hem de dairelere. Sabahları sekizde alışveriş için gelirim, ayrıca gazete isterseniz de her gün bırakabilirim.

— Gerek yok. Teşekkür ederim.

Seçkin, söylenenleri duymadı. Yanıt vermek anlamsızdı. Bir şeyler geveledi. Kapıcı Nezahat, tuhaf gözlerle baktı Seçkin'e. Artık şaşırmamaya alışmıştı, köyden geldiğinde her şeye şaşırıyordu, ee ne de olsa artık o da... Yine de zenginlerin işine akıl sır erdiremiyordu. "Bu adamda zengin tipi yok, tuhaf kılıklı, uzun saçlı herifin teki, gözleri de hiç tekin değil. Neyse evin temizliğini yaparken anlarım ne menem biri olduğunu," diye düşündü.

Seçkin, merdivenlerden çıkarken, Nezahat merdivenlerden indi. Seçkin'in adımları sessiz, kadının adımlarıysa gürültülüydü. İkinci kata geldiğinde, sağdaki kapının üzerindeki "6" numarayı görünce durdu. Kapılar ve gazetelikler, paspaslar, hepsi diğer beş kapıyla tıpatıp aynıydı. Aynı kapılardan, ayrı hayatlara. Ya da ayrılıkları örten aynılıklar...

Seçkin, anahtarı kilide sokarken zorlandı. Elleri sırılsıklamdı. İçindeki "Hadi, kaç git!" diyen sesi duymak için ağırdan aldı, ama çıt yoktu. Rahatlaması gerekirken, huzursuzlandı. Kapıyı açınca, kaderine teslim oldu.

Uzun bir koridor uzanıyordu karşısında: Sağda beyaz bir vestiyer, solda kocaman antika bir ayna. Aynada, dağılmış saçları ve sararmış suratıyla karşılaşınca, gözlerini yere indirdi. Yerde, bir ipek İran halısı seriliydi. Halının kenarlarından görünen, fuşya renkli yer döşemesi ile tavandan sarkan mask biçimindeki abajur Seçkin'i şaşırttı. Peki ama, ne bekliyordu ki...

Koridorda ilerlerken, nedense sessiz olmaya dikkat etti, sanki evde birileri varmış ya da onu izliyorlarmış gibi. Koridorun tam karşısında mutfak vardı.

Dikkatli incelerse, bir şeyler bozulabilir sanrısıyla, içeriye şöyle bir göz attı. Perdelere takıldı gözleri, herhalde bu da yeni moda diye düşündü; kumaşları perde takılacak ahşaplara dolayıp sarkıtmak.... Üvey annesi geldi aklına ve camlardaki iğne oyalı, beyaz, kolalı perdeleri. Tül perdelere bile hoş bakmazdı annesi, "Salaşlıkla tembelliğin adına modernlik diyorlar," derdi ve şimdi, o da aynı biçimde düşünürken yakaladı kendini. Tekrar baktı perde gibi olan şeye...

Yürürken, bacaklarının titrediğini fark etti, ağzı kupkuruydu. Salona adımını atar atmaz, "Seçkin, hadi çek git, bırak bu deli saçması oyunu," diyen iç sesini duymak hoşuna gitti; çünkü o sese inat; kalıyorum diyebilecekti. Yoksa, her an vazgeçebilirdi.

Salonun duvarlarıyla, halının aynı renkte olması hortum gibi içine çekiyordu insanı. Hortuma kapılırsanız... Salonun girişinde, metal bir bar, barın önünde üç sandalye vardı. Barı şöyle bir inceledi; mini bir buzdolabı, shaker, musluk. Barın tam karşısı, boydan boya pencereydi ve önündeki teleskop, ikiyüzlü bir kaltak gibi küstahça beklemekteydi. Salondaki koltukların, köşedeki şöminenin, şöminenin üstüne dizilmiş çeşitli mumların ve şömineye bakan tek kişilik koltuğun fazla bir önemi yoktu. Sanki evdeki her şey donmuş, uyuyan güzel gibi prensini beklemekteydi.

Nefesinde, odadaki soğuk havayı hissetti, onu da dondurmak isteyen, içi titredi. En yakınında duran kalorifere elini dokundu, sıcacıktı. Belki de, baştan çıkarıcılığın soğuğunu duyumsuyordu. Bir köşede cezada duran çocuk gibi huzursuz ve boyun eğmiş; düşünceleri, duyguları, zihni, her şeyi tutuk, öylece bakaduruyordu. Neden buradaydı? Bu yaptığının, anlamı neydi? Neden heyecanlanıyordu? Bu ev, mektup, Ilgım...

Bacakları, onu istemsizce teleskopa doğru sürükledi. Ağır ve küçük adımları teleskopa yaklaştıkça, bacaklarının titremesi çoğaldı. Ellerini teleskopun metalinde gezdirdi, ürkek ama meraklı. Teleskop, elleri ona dokundukça canlanarak, "Gel bana," diyordu, "Hadi nazlanma, gözünü bırak benim deliğime." Seçkin'in içinde kabarmaya başlayan ılıklık, yavaş yavaş bedenine yayıldı. Ve gözü teleskopun deliğine kendini teslim ederken, elleri teleskopun metal borusunu kavradı. Bedeni, ruhu, eli hepsini yitiriyordu, bir tek karanlıkta ilerleyen gözü kalmıştı. Karanlığın sonunda, kendini ışıl ışıl bir odada buldu.

Her şey yabancı ve göz, şimdi bu yabancılıkta merakın hazzını yaşıyordu. Önce mekânı inceledi. Görkemli bir salondu burası, sanki bugüne ait değil de on dokuzuncu yüzyıla ait bir...

Vücudundaki ılıklık, yerini sıcaklığa bırakmıştı. Elleri artık ateş gibiydi, salondaki koltukta onu görüyordu. Hani neredeyse gözü Ilgım'a dokunabilecekti, onca yakın ve onca uzak. Dikkat etmezse, göz onun elindeki bardağa da düşebilirdi. Bardağa düşen ve içindeki buzlar yüzünden donan gözünü bulanlar, ne kadar da çok şaşırırlardı. Ilgım'ın bardağında bulunan donmuş gözün sırrı araştırılıyor!.. Belki sonra, yaptığı işi de ortaya çıkarırlardı. Ürktü, düşünceleri, bedeninin sıcaklığı, merak ve haz; gözünü delikten çekmek, kendi dünyasına dönmek istedi, çünkü göz Ilgım'a ilişmiş, uzaklaşamıyor, Ilgım'lı salonu biraz daha solumak istiyordu.

Seçkin, gözüne söz dinletemedi. Çünkü, göz şimdi bu salonla flört ediyor, flörtün keyfinden göz bebeği dans ediyordu. Ça-ça gibi, kıpır kıpır. Ve dans ederken, geçmişten gelen mobilyalara dokunuyordu. Masadaki şamdan, sanki onun rüzgârından kıpırdıyor, yerdeki halılar ona gülümsüyordu. Büfedeki antika olduğu belli olan çanak, çömlek ve çerçeveler de ona ritim tutuyorlardı. Yabancılık, hafif hafif bildikleşmeye başlıyordu.

Seçkin şaşkındı, huzursuzluğu sanki damla damla yok oluyordu. Teleskopa yapışan eli, şimdi daha rahattı. Ama, heyecanı tüm hücrelerinde devam ediyor ve bu da Seçkin'e...

Ilgım'ın karşısında oturan Sedat, geniş omuzları, uzun boyu, göbeği, gözlükleri, kısacık kesilmiş kır saçları, koltuğa yayılmışlığı ile işte Ben'im diyordu. Elindeki bardaktan, buzlu viskisini içerken, Ilgım'a bir şeyler anlatıyordu, yüzünde sıcak ama uzak bir ifade vardı. Ve gözleri, Ilgım'a hayran hayran bakıyordu.

Ilgım'ın üzerinde, hâlâ kokteyldeki kıyafetler vardı. Bacak bacak üstüne atışı, bardağını tutuşu ve dimdik duran bedeniyle, ev kadınından çok televizyonda konuk olan bir primadonnayı andırıyordu.

Göz, detayları seçtikçe; dahasını istiyordu. Ağızlardan çıkan kelimeleri görmeyi, düşüncelerini okumayı, şu anda neler konuştuklarını ve birbirlerine...

Seçkin, esaretten kurtulup, gözünü teleskopun merceğinden; elini de teleskoptan çektiğinde; elleri sırılsıklamdı. Göz Seçkin'e, Seçkin göze kızgın, camın önünden çekildi. Şimdi soluduğu hava soğuk değildi. Her yer ılık, mobilyalar daha bir canlanmış... Seçkin duyumsadıklarını adlandırmak istemedi. Hiçbir tanım yapmamak... Tanımsız ve adlandırılmamış...

Evin diğer bölümlerine de göz atmayı düşündü, belki ev sahibiyle ilgili bir ipucu bulabilirdi. Salondan çıktığında ayakları acıdı, yeni ayakkabılardan bu yüzden hep nefret ederdi. "Ayakkabıların ayağa uyum süresiymiş, hah!" Ne olurdu sanki ayakları taraksız olsaydı. Koridorun başında, bağcıksız ayakkabılarını fırlattı. Biri bir tarafta, diğeri öbür tarafta. Ayakları rahatladı.

Sağa doğru ilerleyen koridorda, ilk kapının önüne gelince, durup içeriye göz gezdirdi. Bir eli kapının pervazında, diğer eli saçlarının arasında. Odanın duvarlarını kaplayan raflar ve kitapların sıkışmışlığı, sabah saatlerindeki belediye otobüslerinin içini anımsattı. Kahverengi gotik bir masa ve sandalyeden başka hiçbir şey yoktu odada. Pencere kahverengi kalın perdelerle örtülmüştü.

Bu evde, böyle bir oda olabileceğini düşünmemişti. Odaya girip kitaplara bakmak istedi, ama gücü yoktu. Daha sonra, diye düşündü, yandaki odaya giderken... Göz bebekleri tekrar büyüdü, kalbi tekrar hızlandı, daha fazla şaşırmaya tahammülü kalmamıştı. Kırmızı boyalı duvarlar, yerdeki kırmızı halı, odanın dörtte birini kaplayan yükseltilmiş taban, onun üstündeki yer yatağı, yatağın üstündeki kırmızı örtü, tavanın kenarlarından yansıyan kırmızı ışık. İrkildi, çünkü bu oda insanın içinde uyumaktan çok...

Üçüncü odaya bakmak istemedi, "Daha sonra" dedi, "daha sonra." Bu evin sahibi nasıl bir adam, diye düşündü. Evi, birini izlettirmesi ve... Evin sahibini canlandırmaya çalıştı. Ama, sanki imgeleminde hiçbir kayıt kalmamıştı, bomboş bir siyahlıktan başka, hiçbir şey canlanmadı.

Adres gerçek, tabii mektup da ve Ilgım Halit bir göz uzaklıkta ve Seçkin şu anda tanımadığı birinin evindeydi. Peki ama şimdi ne yapacaktı? Kuruyan ağzı boğazını acıttı, tadı da bozuktu, canı sigara istedi, bir de soğuk bira. Buzdolabına gitti, hiç yabancılık çekmeden kapağına uzandı. Dolabın içi hipermarket gibiydi, yok yoktu. Bir tane bira aldı, bardak kullanmaktan hoşlanmazdı, şişeden hemen bir yudum içti. Soğuk birayı önce biraz ağzında tuttu, dilini biranın ıslaklığında dolaştırdı ve yavaşça yuttu. Boğazını yalayan her yudumun keyfini çıkartarak...

İkinci mektup neredeydi? Sahiden ikinci mektup hiç ilişmemişti gözüne. Aramaya başlayınca, mumların arasında duran zarfı buldu. Şöminenin karşısındaki koltuğa oturup bir sigara yaktı. Zarf elinde... Bu salon, tam da Damla'nın hayal ettiği gibi döşenmişti. Damla... Yine düşmüştü işte aklına, aylardır onu düşünmemek için harcadığı onca enerji boşa gitmişti, işte karşısındaydı yine. Damla... Aylarını verdiği sevgilisi, şimdi yoktu. Ama, onun istediği gibi yabancı bir evde, kendisi var olma çabasındaydı... Bu mektup dört ay önce gelse, belki de gülüp geçerdi; ama dört aydır evi, yatağı, ruhu bomboştu ve Damla... Kaçmak için sığındığı geçmişi, Küçükkuyu hayalleri, macera, Ilgım Halit ve tüm bunların arasından sinsice ona sırıtan DAMLA ve onun...

Gözlerini aralarken, şöminenin önündeki koltukta buldu kendini. Doğrulup bir sigara yaktı ve açması için onu bekleyen zarfı aldı eline.

Merhaba,

Artık birlikte çalışmaya başlıyoruz. Yarın, Deniz Bank Gaziosmanpaşa Şubesi Müdürünün yanına giderseniz, masraflarınız için adınıza açılmış bir hesap cüzdanını size verecektir.

Bu evi kendi eviniz gibi düşünmenizi isterim, hatta tercihim, bu iş süresince bu evde yaşamanızdır. Salondaki teleskopla, Ilgım Halit'in evinin salonunu, salonun üstündeki yatak odasını ve giriş kattaki atölyeyi izleyebilirsiniz.

Apartmanın kapıcısı Nezahat, haftada bir temizliğe gelir, onun dışında da gereksinmeniz olursa, çağırabilirsiniz. Yarından itibaren anlaşmamız başlamış olacaktır. Bana ulaşmak için, şimdilik P.K. 47 Kavaklıdere adresini kullanabilirsiniz.

Sizden bu hafta istediğim gayet basit; Ilgım Halit'i uzaktan izlemeniz ve haftasonunda, bana izlenimlerinizi yazarak göndermeniz.

İşinizi kolaylaştıracak bir ipucu: Ilgım Halit gece yaşayanlardan olduğu için, günaydın demesi öğleni bulur, sabahları rahat edebilirsiniz.

Bu ilk haftadan sonra, eminim kendinize uygun bir program yapabilirsiniz.

Saygılarımla

...

Seçkin mektubu okuduktan sonra, boşluğa düşmüştü sanki; ama, o boşluktan çıkıp düşüncelerinin karmaşasını dinlemek istemedi. Yaptığı iş akıllıca değildi, belki etik olarak da tartışılabilirdi, evet ama... Hep akıllıca işler mi yapıyorduk?.. Ya etik!.. Ancak, ucu bize dokunursa düşünmüyor muyduk? Hem aklın doğru söylediğini bugüne kadar kim ispat edebilmişti ki? Evet bu işe devam edecekti, bir kere de o...

Artık evine gitmek istiyordu. Ama balık yapacak hali de, zamanı da kalmamıştı. Bir an önce, iki lokma bir şeyler yiyip, kendini uykuya bırakmak istiyordu. Düşüncelerin, aklın, çelişkilerin yer almadığı o gizemli karanlığa gömülmek; bugün yaşayan benini öldürüp yarınkinin doğmasını beklemek...

Işıkları söndürdü. Salondan çıktı. Bira şişesini ve kirlenmiş kültablasını öylece bıraktı, yarın geldiğinde bir şeyler ona bugünü hatırlatsın, kendinden parçalar bulunsun istedi.

Ayakkabısını giyerken, "Lanet olsun," diye söylenerek çekecek aradı, ama bulamadı. Ayaklarını ovuşturarak, zorla soktu ayakkabılarının içine, canı yandı. Evin anahtarını pantolonunun cebine attı, arkasına bakmadan kapıyı kapattı ve hızla apartmanın dışına çıktı.

Dışarıdan bir kez daha baktı Ilgım Halit'in evine, artık ev bir göz uzaklıkta değildi. Evle arasına, adını koyamadığı farklı uzaklıklar girmişti. Hiçbir betimleme yapmak istemedi. Düşüncelerinin sanrılarında yitirebilirdi cesaretini...

3

Günsüz sabahlarda
İçimin haykırışları
Kuşların ağıtlarıyla
Paramparça yankılanan

Evet evet, işte şimdi huzur içinde bırakabilirdi kendini uykunun uymazlığına. İyi ki Nezahat'i tembihlemişti, "Seçkin Bey anahtarı alırsa beni ara," diye. Çalan her telefonu açarken meraklanmış, Nezahat dışında arayanlara öfkelenmişti, onu boş yere meşgul ediyorlar ya da boş yere umutlandırıyorlar diye. Sonunda gelmişti beklediği telefon, "Seçkin Bey anahtarını aldı," demişti Nezahat. "Seçkin Bey anahtarını aldı" ve o anahtar artık bambaşka bir dünyanın, belki de derin mutsuzluklarının kapısını açacaktı. Aslında o anahtar... Bir tek kendisi bilecekti, bir tek kendisi...

Telefonla konuşurken, heyecandan nefes sesini zor kontrol edebilmişti. "Anahtarı aldı" kelimeleriyle sanki gizli kalmış bir radyatör bedenini harekete geçirmiş, tüm hücrelerini saran sıcaklık onu kendinden uzaklaştırmıştı. Sonunda başardım. Evet evet, sonunda başardım; belki hayat benim için bundan sonra başlayacak, belki de hayat benim için bundan sonra anlamlar taşıyacak, kim bilebilir ki...

Gece boyunca dalgınlıkla, içi içine sığmayan bir heyecanın gelgitleri içinde devinmişti. En ufak bir sıkıntı ya da vicdan azabı duymuyordu. Ilgım Halit, artık onun kurtuluşu olacaktı. Ondan sakladığı tüm sırlarına ulaşmayı başaracaktı. Evet Ilgım Halit, seninle ilgili her türlü bilgiye ve sırra ulaşacağım ve tüm bulgularımı da...

Evet evet, hayatını harcadığı, belki de hayatını kurmak için yapması gerektiğini düşündüğü tüm gerçekler ve/veya hayaller, başkalarına göre yönlendirdiği zamanlar, tanımlar, tamlamalar, dostlar, sevgililer, sevişmeler, aldanmalar, aldatmalar; belki de şimdi bir anlam ifade edecekler, belki de tüm anlamlarını yitirerek anlamsızlığın derinliğine ulaşabileceklerdi.

Kahkahalar atmak, hoplayıp zıplamak, dans etmek, sevişmek, bağırmak, bedeninin içinde hareketlenen bu tuhaf enerjiyi boşaltmak ya da hiç harcamadan biriktirip patlamak istiyordu. Yarından itibaren, başka bir çift göz, başka bir hayatı izleyecek ve o farklı gözleri, hayatları kendi bildikleriyle kesiştirecek ya da ayrıştıracaktı. En büyük sürprizi de, en sonunda Ilgım Halit yaşayacaktı. Ilgım Halit'e...

Evet evet, gözlerini kapattığında içi, odası, yatağı kıpır kıpırdı...

4

10 Mayıs, Pazartesi

Gözlerini açtığında, Seçkin'in kımıldayacak hali yoktu. Daha, daha, daha, uyumak istiyordu. Uyumak, daha, daha, uyumak... Uykulu gözleriyle saatine baktı, hemen kalkmazsa geç kalacaktı. Peki ama, Ilgım, teleskop, mektup, o ev, orada mı kalacak? Bu işe devam edecek mi?..

Bu işe devam ederse ne olur?

Gazetedeki işini aksatabilir.

Gazetedeki işini aksatırsa ne olur?

İşten atılabilir.

İşten atılırsa ne olur?

Yeni bir iş araması gerekir.
İş bulamazsa ne olur?
Bir süre sıkıntı çeker.
Sıkıntı çekerse ne olur?
Hiç!!!
Peki, Ilgım öğrenirse ne olur?
Kötü olur.
Kötü nedir ya da kötü olursa ne olur?
Hiiç!!!
Duyulursa ne olur?
Adı röntgenciye çıkar.
Adı röntgenciye çıkarsa ne olur?
Röntgenci olur.
Röntgenci olursa ne olur?
Hiiç!!!
Bunların dışında en kötüsü ne olur?
Olacak olan tabii ki.
Yanii???

Bunu bir arkadaşından öğrenmişti. Eğer kendini hareket edemez bir durumda bulursan, "ne olur?" diye sor demişti: "Ne olur, sonra ne olur? Göreceksin ki aslında hiçbir şey olmaz." O zaman çok gülmüştü bu basit yönteme, aslında ucunda ölüm bile olsa, o da hiç ya da hiçlik değil miydi?

Yatağından kalkmaya üşendi. Odası darmadağınıktı. "Özensizce döşenmiş bu evde iğreti yaşıyorsun," demişti Damla. Oysa özensiz değildi evi, gerekli her şey vardı. Çift kişilik yatağı, dolabı, komodini, lambası, kilimi. Sanki daha fazlası ne işine yarayacaktı? Aylarca bu odada hiç sorunsuz sevişmemişler miydi? Salondaki masada yemeklerini yememişler miydi, iki kişilik divanda kitaplarını sorunsuz okumamışlar mıydı? "Yine de, evin ev gibi değil," derdi Damla. Ona, evi ev yapanın mobilyalar değil de, içinde yaşananlar olduğunu hissettiremediğini; çok, ama çok sonra anlamıştı. Damla... Kim bilir şimdi nerede, kimlerle, hayatında başkası var mı? Ya da teninde onun bildiği noktaları başkaları da öğrendi mi? Dört aydır hiç haber alamamıştı. Kimse bilgi vermemiş, o da sormak istememişti, ama onu özlüyordu. Neşesini, sesini, hırçınlığını, saçlarını, dudaklarını, tenini, terini... Vücudu, ona rağmen kıpırdamaya başlayınca sinirlendi. Şimdi hiç kendini eğleyecek hali yoktu, kalktı ve soğuk suyun altına girdi.

Madem bu işi yapacaktı, o zaman hakkını da vermeliydi. Yatağının altında hazır bekleyen bavulunu yatağının üstüne çıkardı; sık sık giydiği kot ve kadife pantolonlarını, desenli gömleklerini, çamaşırlarını, çoraplarını, tıraş takımlarını, tıraş losyonunu, Bukowski'nin kitabını özensizce yerleştirdi. Bu akşamdan itibaren, o evde kalacaktı, hem böylece bu evdeki anılarından ve Damla'dan da uzaklaşmış olacaktı.

Gazeteye, elinde bavulla gitmek istemediği için, önce Gaziosmanpaşa'daki yeni ve geçici evine uğradı. Bavulu hole koyduktan sonra, teleskopla Ilgım'ın evine bir göz attı. Evde hiç hareket yoktu. Oyalanmak istemedi, çünkü sabah sabah teleskopa tutsak olmaktan korktu. Geldiği gibi çıktı evden, gazetesine gitti, hemen temsilcinin odasına girdi. Denizanası daha güne ısınamadığı için gözleri kör bakıyordu. Sabah sabah, Seçkin'le konuşmaktan da belli ki hoşlanmamıştı.

— Günaydın.

Yanıt yerine, temsilcinin hadi ne söyleyeceksen söyle, beni yorma bakışı.

— Abi dünkü konuştuğumuz konu var ya. Hani başarılı işadamlarının...

— Evet!

— Ben o konuda araştırmalara başlıyorum.

Temsilci içinden bir of çekti, ama belli etmedi. Seçkin inat etmişti yine, o hayır derse bile gizli gizli yapardı. İyi bir şey yakalarsa da sonuna kadar keyfini çıkarırdı. "Hayır demiştin ama," diye başlayan sözleri ve bakışlarıyla... "Şimdi evet derim, beceremezse de burnundan getiririm," diye düşündü. Gülümseyerek, "Peki," dedi. Seçkin, temsilcinin gülümsemesindeki meydan okumayı, anlamazlıktan geldi. İstediği yanıtı almanın huzuruyla odayı terk etti.

Odasına girince, duble kahvesini istedi. Evrak kutusundaki mektuplara baktı. Gazetelere göz gezdirdi. Elektronik postasını kontrol etti. Bu sabah yaptığı her şey, ilk defa; dünkü gibi ya da yarınki gibi değildi. Burada yapılması gerekenleri bir an önce bitirip kendini gözüne teslim etmeliydi. Sevgilisi ile buluşmaya giden bir âşık gibi heyecanlıydı...

Ilgım sabah gözlerini açtığında, uzun süre hiç kıpırdamadan tavana baktı. Tavandaki anneannesinin annesinden kalma pirinç avizeye... "Yine öğlen olmak üzere," diye düşündü, saate bakma gereği duymadan. Çıplak vücudu ürperince, yorganı üzerine çekti, banyo yapması gerekiyordu. Yorganın altındaki ellerini teninde gezdirdi, akşamdan bir mesaj kaldı mı diye, ama teni suskundu.

"Bak kızım, çıplak yatmak hoşuna gidebilir; ama odana her an baban ya da kardeşin girebilir. Ayrıca çıplak uyumayı nereden çıkardığını anlamıyorum. Bizim ailemizde böyle uyuyan hiç kimse olmamıştı. Hem yarın öbür gün evlendiğinde çırılçıplak uyuyamazsın." "Niye uyuyamam?" diye sormamıştı annesine; çünkü annesinin söylediği hiçbir şey bir anlam ifade etmiyordu. Aynı evde yaşayan, ama farklı gezegenlere ait ruhlardı; annesi, babası, kardeşi ve onlardan ayrı olan kendisi. Gülümsedi, yirmi beş senedir çıplak uyuyordu, evlendikten sonra da uyumuştu, yaşlanınca da uyuyacaktı. Hayalindeki gibi yatakta uyurken ölürse; öldüğünü fark ettiklerinde, katılaşmış bedeni ile kendi heykelini de bitirmiş olacaktı. "Ölü beden kusursuzlaşır." Kendi bedeninde ölümün kusursuzluğu. Hiç kimse anlamamıştı onu, hiç kimse anlamıyordu; bedenin ve tenin sihirleri hiç kimseyi ilgilendirmiyordu, oysaki hayatın birçok gizi bedenlerimizde saklı değil miydi?

Baharla beraber sabahları kalkmak zorlaşıyor, düşüncelerinde bir o yana, bir bu yana sallanmaktan başka bir şey istemiyordu. Çocukluğunda sallanamadığı salıncakları düşüncelerinde kurmuştu. O salıncakta sallanarak avunuyordu...

"Gençlik geçmektedir, yürekse paslanmakta." Boşa harcadığı her saat paslandığını bilirdi. Bazen buna direnir, bazen de pasların altına gizlenirdi.

İyice gerindi. Sabahları gerinmeden kalkmazdı. Bedenin sağlığı için bunun önemini bilirdi. Bilmek! Bilmek istedikçe öğrendi, öğrendikçe bilgi onu zenginleştirdi. Ama zenginleştirdiği ölçüde de yalnızlaştırmadı mı?

Hiç acele etmeden kalktı, jakuzinin suyunu açtı. Bugün evden çıkmayacak, öğleden sonrasını atölyesinde heykelleriyle geçirecekti. Heykelleri!.. Hiçbir zaman Tanrı kadar kusursuz yaratamadığı çamurlar, ellerinde canlanan korkuları, kaçışları, özlemleri, hayalleri ve mermerleri...

Ne sıcak, ne soğuk, ılık suya bıraktı kendini, suyun tenini arındırdığını biliyordu; keşke tinini de... Suyun basıncını orta dereceye ayarladı. Bedenine yapılan masajla gevşerken, salıncağını da yavaşlattı. Salıncağından inmek istemedi. Hep sallanmak ileri-geri, ileri-geri... Bedeninde dolaşan elleri ve onu yönlendiren iç sesi. "Bedenin damarsız bir mermer ve usta bir heykelcinin elindesin. Gözlerin kapalı. Heykeltıraşın eli bedenini yavaş yavaş keşfediyor. Elinin temas ettiği noktalarda canlanmayı hisset. Eller bedeninde dolaşırken, göğüslerinde duruyor. Göğüslerini hisset. Heykeltıraşın ellerinde, göğüslerini bir kez daha var et. Memen, eller ve sen sadece üçünüz kaldınız. Her şey silikleşirken, zevkin tadı başlıyor. Eller şimdi karnına bastırıyor. Karnını hisset ve eller şimdi bacak aranda, ıslanmış dudaklarının üzerinde geziniyor önce hafif temaslarla ürkek, sonra tadına varmış okşayarak... Islaklığını hisset. Zevk seni ele geçirdi. Kendini bırak. Rahat, biraz daha rahat, biraz daha..."

Ilgım bedeninin sarsılmasıyla jakuziye geri döndü. Nefes nefeseydi. Bedeni titriyordu. Kendine gelmek için derin derin nefes aldı. Günlük gerçeklere, çevresine, yaşamına geri dönebilmek için. Gözleri banyoda dolaşırken bir eksiklik ya da bir şeyler onu rahatsız etti, belki de... "Yine o yeşil havluyu koymuş Aliye. Kaç kere söyledim ona, buraya sadece beyaz havlu koy diye." İçinde, tay tay durmaya başlayan öfkesini hissetti. Renklerin etkisini niye anlatamıyordu, niye, niye...

Bebek Ilgım, çocuk Ilgım, genç kız Ilgım, babasının ve anasının kızı Ilgım, öğrenci Ilgım, nişanlı Ilgım, heykeltıraş Ilgım ve Ilgım Halit. Onu tanımlamak için, isminin başında ya da sonunda, neden hep bir belirteç olması gerekliydi? Neden, sadece I.L.G.I.M olamıyordu. Gerçi ol deseler, nasıl olacağını artık kendisi de bilmiyordu. Oysaki paslanmanın ondan çok uzak olduğu yıllarda biliyordu ne olacağını ya da bildiğini sanıyordu, belki o zaman da, şimdi de hep sanrılarda yaşıyordu, sanrılarda yaşamaya mecburdu.

Banyonun beyaz mermerle kaplanmış yerleri ve duvarları hep kayganlık hissi uyandırırdı onda; kaygan, nemli. Mermerin içine gömülmüş ayna, lavabo, havlu dolapları ve lavabonun kenarında uzanan mermeri, musalla taşı görüntüsünden kurtaran bakım kremleri, şişeler, kokular, sabunlar; banyosunu severdi en çok da kayganlığını...

Sudan çıkınca, bir süre kurulanmadan yerdeki beyaz pelüşün üzerinde durdu. Pelüşün yumuşaklığını ayaklarında hissetmek, adlandıramadığı; ama bir yerlerden anımsadığı hazzı hatırlattı. Eskilerden çok eskilerden unutamadığı...

Havlusunu yavaş yavaş bedeninde gezdirdi. Bornoz giymekten hoşlanmazdı; çünkü, havlunun tenini yalayışını severdi. "Dokunmak, dokunulmak" çok özel iki sözcüktü, "var etmek ya da yok etmek, var olmak ya da yok olmak," gibi...

Saçlarını tarayıp at kuyruğu yaptı. Üzerine rahat bir gömlek ve pantolon giyip dağınık duran yatağına, yatağının üzerindeki örtülere şöyle bir göz kırptı. Yatağındaki çarşaf, yastık kılıfı, nevresim kesinlikle ipek olmalıydı. İpeğin yumuşaklığını duyumsamalıydı.

"Ilgım, senin yaşındaki kızlar ipek nevresimde yatmazlar. Bak bu nevresimler yüzde yüz pamuklu; genç kızlar için tasarlanmış. Genç kızlara uygun!" Kırk yaşına gelmiş, hâlâ anlayamamıştı annesinin söylediklerini. Bu kadar mı önemsizdi tenlerinin neyle temas ettiği... Kim anlayabilmişti, kime anlatabilmişti ki? Sedat bile, kadınca bir tutku diye adlandırmıştı onun ipek nevresimlerini. Kadınca...

Ayaklarına çorap ve terlik giymezdi. Evin yerden ısıtmalı olmasını da bu nedenle istemişti; ayaklarını özgür bırakabilmek, ayaklarının üzerinde durabilmek için. Ağırlığını ayaklarına eşit olarak vermek ve omurgasını düz tutabilmek için. Nereden bilebilirlerdi ki!..

Aşağı kata indiğinde, Aliye salonu temizlemiş, mutfakta yemek yapıyordu. Ilgım'ı görünce, gülümseyerek, "Sen salonda gazetelere bakarken, ben kahvaltını hazırlarım," dedi. Uysal bir çocuk gibi söylenenleri yaptı. Sanki bu sözleri her sabah duymuyormuş gibi. Evin idaresini yıllar önce bırakmıştı, bundan huzursuz da değildi. Aliye, gençliğinde Sedat'ın annesinin yardımcısıydı. Evlendiklerinde, Sedat Aliye'yi isteyince annesi bayıla bayıla, "Olur," demişti. Gelininin oğluna iyi bakamayacağından emindi! Yemek yapmayı bilmeyen, hayatında ütü yapmamış, temizlik yapmaktan nefret eden, aklı fikri çamurlardan bedenler yapmakta olan bu kızda, oğlunun ne bulduğunu o zamanlar anlayamamış kayınvalidesi. Sonra, çok sonra, kendisi söylemişti tüm bu düşüncelerini. Ilgım'ın iyi bir eş olduğuna inandığında...

Salondaki üçlü koltuğa uzandı, sabahları o aşağıya inene kadar Aliye ortalığı toplar, bir gün önce hiç yaşanmamış gibi derli toplu yapardı. Koltuğa oturduktan sonra, ortada duran kocaman sehpanın üzerine attı gazeteleri, sonra yanına bir kültablası aldı, evet şimdi salon gözüne daha canlı gözüküyordu. Gazetelerin önce başlıklarına baktı, sonra iç sayfalara yalandan bir göz attı. Okumuş olmak için bakıyordu gazetelere, tabii bir de olaylardan kopuk gözükmemek için. Kopmaya öylesine hazırdı ki...

Salondaki antika sehpanın üzeri, günlük gazeteler, haftalık ve aylık dergilerle dolmuştu. Bir değil, üç tane de kültablası kirlenmişti, kahvaltısını mutfakta yapmak istedi. Omletini yerken de dergileri karıştırmaya devam etti. Evde atölyesinden sonra, en çok mutfakta yaşamayı severdi. Mutfakta yemek yerken, orada bir şeyler hazırlarken ya da tek başına mutfak balkonunda çayını içerken, kendisini yuvasında hissederdi. Kocaman bir mutfak istemişti bu ev yapılırken, kocaman da yaptırmıştı, tüm itirazlara rağmen. Mutfağının da üç tarafı mermer tezgâhlarla kaplıydı, tezgâhın altında ve üstünde yeşil dolaplar vardı. Bu yeşil dolapların rengini anlatmak için ne kadar çok uğraşmıştı. Tezgâhın bittiği yerde, balkonun kapısı ve kapının yanında yere kadar uzanan camların önünde, şimdi oturduğu koltuklar ve altı kişilik masa duruyordu. Mutfağı Brüksel'de Ender'le yaşadığı dairenin tamamı kadardı. Burada oturmak ona geçmişini hatırlatırdı. O, fotoğraflar çektirip onlara bakarak geçmişiyle buluşmak yerine, yaşadığı yerleri öylesine döşerdi ki, fotoğrafların görevini, renklere ve mobilyalara yüklerdi. Her an, her saniye onlarla iç içe...

Akşama kadar uzanan binlerce saniyesi vardı. Kahvaltısını bitirip, hemen atölyesine indi. Duvarların grisine baktı bir süre, gri: Ne siyah, ne beyaz, ne evet, ne hayır, ne öyle, ne böyle... Atölyenin bahçeye açılan camını aralayıp dışarıya baktı. Havalar ısınıyordu. Camı açık bıraktı. Her yer darmadağınıktı, çünkü Aliye'nin buraya girmesi yasaktı. Birkaç ayda bir, beraber temizlik yaptıkları zamanlar hariç.

Köşedeki açık mutfak, diğer tarafların karmaşası karşısında oraya ait değilmiş de misafirliğe gelmiş yabancı gibiydi. Karşısındaki divan, atölyenin babası gibi yaşanmışlığın ve yılların ağırlığıyla mağrur, kendinden emin uzanmış duruyordu. Duvarlara monte edilmiş siyah raflar üzerlerinde, tamamlanmamış bedenlerle sokak çocukları gibi dağınık ve kirliydi. Ortada babanın metresi gibi duran; her şeyi onlara rağmen yöneten, gösterişli, işveli ve hazır bekleyen masa vardı.

Açık mutfakta duran müzik setine, Gabriel Yared'ın kasetini koydu. Sesini sonuna kadar açıp, çamurlarını hazırlamaya başladı. "Kızım bırak şu hamurlarla oynamayı da, git ders çalış. Bu kadar başına buyruk olman hep babanın suçu. Sana bu kadar yüz vermeseydi..." Annesini, hep muhalif olarak hatırlıyordu. Şimdi bile annesiyle adlandıramadığı bir perde vardı arasında, dokununca yakan. Oysa o annesiyle yakın olmayı, onunla yaşadıklarını paylaşmayı, onun desteğini bekleyip durmuştu yıllarca, ama...

Çocukluğunda bakıcısı vardı; annesi, genç kızlığıyla giriyordu hayatına, girmesiyle beraber engelleri de getirmişti yanında. Tabii ki seviyordu kızını, ama bu sevgi öylesine kendisine dönüktü ki Ilgım hiç hissedememişti. Annesi gibi olmayacağına, çok küçük yaşlarda yemin etmişti. Şimdi ise, annesinin hayatını anımsatan ne çok nokta vardı yaşamında. Kendisi gibi olursa, neler yaşayacağını öğrenmişti. Ona öğretmişlerdi, genç kızlığında annesinin yaptığı bu öğretmenliği, sonraki yıllarda da hemcinsleri devam ettirerek...

Kolejde ilk aşkı, okulun popüler çocuklarından biriydi. Ilgım'ın dünyası, bir anda sadece onun etrafında dönmeye başlamıştı. Bir kere göz göze gelse, oğlan ona merhaba dese eksenine kavuşmuş topaç gibi mutlulukla dönüyordu saatler. Oğlan da ondan hoşlanıyordu. Ilgım bunu, en yakın kız arkadaşlarıyla paylaşıyor, yaşanan her ayrıntıyı onlara anlatmazsa, eksik yaşadığını düşünüyordu. Tininin ve bedenin etkileşimini de onunla keşfetmişti; duyguları bedeninde bir şeyleri harekete geçiriyor ve her şey değişebiliyordu. Sevgilisi ile ilk defa sinemaya gittiğinde, heyecandan bedeni sarsılmıştı sanki. Ne filmi hatırlıyordu, ne de düşüncelerini; o günden geriye, bir tek dudaklarına değen yabancı dudakların nemi ile içinde kabaran zevke eşlik eden suçluluk duygusu kalmıştı ya da bir tek onları atamamıştı bilincinden. Sinemadan eve gelir gelmez telefona sarılmış, hemen kızları aramıştı. İlk defa öpüşmüş, ya orospu olduysam diye korkmuştu. Kızlar onu dinlemişler, orospu olmadığını söylerken de kendilerinin hiçbir erkekle öpüşmediklerini vurgulamışlardı. Günler günleri izlemeye fırsat bulamamışken, Ilgım annesi yüzünden gidemediği bir partide sevgilisiyle en yakın arkadaşının beraber olmaya başladığını öğrenmiş, şaşakalmıştı. İşin en garip tarafı da, isyan etmemiş olmasıydı. Nedense, kendini çirkin ve yetersiz bulduğundan, diğer kızları da kendinden daha güzel ve yeterli bulduğundan, durumu kabullenmişti. Bu kabullenişle açılan yaraları, çok ama çok yıllar sonra fark edebilmişti. Hayatında aldığı yaraların en onulmazlarını da, hep kadınların açması ilginçti. Kadınlar...

Çamurla uğraşmak istemedi. Anımsadıkları içini soğutmuş, ellerini hissizleştirmişti. Niye her şey söyleniyor, her söz dile geliyordu da, şu kadınların kadınlara yaptığı acımasızlık hep görmezden geliniyordu. Hem de kadınlar tarafından. Niye kaçıyorlardı ya da neleri saklıyorlardı. Tıpkı Ilgım gibi...

Bir sigara yakıp çamurlu elleriyle divanına uzandı. Divanın üzerine örtüler diktirmişti, buruşmayan pamuklu kumaştan; desensiz ve gri örtüler. Divanın ayaklarındaki metalleri de kendisi griye boyamıştı. Gri!.. Atölyede çalıştığı anlar, aslında onun hesap görme zamanlarıydı; beyniyle, elleriyle, çamurlarıyla, geçmişiyle, şimdisiyle...

Ender'i özledi. Sanki Kanada'dan başka yaşanacak yer kalmamış mıydı? Sergi açmaya gidip de, iki sene orada kalmanın ne anlamı vardı? Kırk yıllık hayatındaki tek dostu, belki de en temiz yansıtıcısı Ender şimdi ondan uzaklardaydı. Ve mektup ve telefon bu uzaklığı azaltamıyordu. Kendisi olamasa bile, o çok iyi bir heykeltıraş olmayı başarmıştı. Şimdi burada olsa, avaz avaz bağırarak önce etrafı toplatır, ondan sonra da onu zorla masanın başına oturtup, aylardır elini sürmeye korktuğu mermeri yontmaya zorlardı. Hele bir de yarım bıraktığı ve parçaladığı heykellerini görse, ona günlerce kabir azabı yaşatırdı. Ender! Ender'i özlemişti.

Telefonun numaralarını ezbere çevirdi ve "Hello" sesiyle de çığlık çığlığa bağırmaya başladı. "Hayırsız, nerelerdesin." Telefonla (üçüncü kulağı olana kadar) saatlerce konuştu, ne kadar uzun konuştuğuna hiç aldırmadan.

Telefonu kapattıktan sonra, unutmaya çalıştığı köşedeki mermeri aldı eline, çamuru bir kenara bıraktı. Mermerin üzerinde dolaştırdı ellerini; bugüne kadar bedeninde dolaşan, ama hiçbir zaman onun istediği gibi ona dokunamayan erkek ellerine inat, mermer, eli ve tini bütünleşmek ister gibi...

İlk defa bedeninde dolaşan acemi elleri anımsadı. Ürkek, ama ürkekliğini saklamaya çalışan; beceriksiz, ama tecrübeliyi oynayan... Ne kadar tuhaftı ilk sevişmesi, tabii ona sevişme denirse, gerçi kızlığı bozulmuştu ama... Neden dokunmak öğretilmiyordu, neden tatmaktan kimse söz etmiyordu ve neden cinselliğe hak ettiği önem verilmiyordu. İlk tecrübenin bundan sonra yaşanacak tüm cinselliği yönlendireceğini o anda bilinçaltında oluşan kodlamanın değiştirilmesinin zorluğunu, niye kimse bilmek istemiyordu. Beden, beyin ve tin...

Mermerin pürüzsüzlüğünde dolaşmaktan zevk alıyordu. Tıpkı elindeki murç ve madırga ile orasını burasını kırarken aldığı zevk gibi. Heykellerini bitirince genellikle kırardı. Bu duygunun önüne geçemez, geçmek istemezdi; kendinde ya da çevresinde kıramadığı her şeyi, kırıklıklarını kendi yarattıklarına yansıtıp onları parçalayarak boşaltırdı tüm kinini. Yaratan kendisi olduğuna göre, yıkan da olabilirdi. Yaratmak ve yıkmak birbirinin vazgeçilmezi değil miydi?

Ilgım Halit de, yıkıntıların içinden acılarla tekrar

yaratılmamış mıydı? Kendini de yaratırken yıkmamış mıydı? Sedat ve huzur onu korumamış mıydı? Ve şimdi korunaklı bölgeden meydan okumaya çalışması komik değil miydi? Meydan okumadığını bile bile. Şimdi sadece arıyordu; keşkelerin, amaların, nefretlerin, acıların, yapaylıkların, oyuncuların ve oyunların arasında kendine ait gerçekleri arıyordu; yaşamak ya da yaşamamak değildi sorunsalı; aramak ve dokunmaktı.

Mermeri yontarken ne yapacağını bilmediğini sanıyordu, oysa şimdi mermerden oluşmaya başlayan Pan, ona gizli gizli gülümsüyordu. Pan... Bir zamanlar tanrısı olan Pan.

Ilgım gülümsedi, nereden aklına gelmişti ki? Pan heykelleri yapmaktan vazgeçeli, ne kadar zaman geçtiğini bile hatırlayamazken. Toz, gürültü, müzik, mermer, eller ve oluşmaya başlayan tanrı. Dışarıda, içeride, dünyada, öbür dünyada, gerçekte... Her şey önemsizleşti. Artık her şey anlamsız; tozdan, gürültüden, müzikten, mermerden, ellerden, Pan'ın yarı keçi, yarı erkek bedeninden başka...

Vücudu canlandı. İçinden yükselen enerji tüm bedenini kaplamış ve bildik sıcaklığı duyumsamak, onu kendinden geçirmişti. Evet, o mermeri yontmalı, çamurları canlandırmalıydı. Şu anda aldığı hazzı zaten bir tek erkek ona yaşatmıştı. Bir tek... Belki de hayat, soruları kabullenme sanatıydı.

"Ilgım saatlerdir sana sesleniyorum, cevap vermiyorsun. Bak, Ayten teyzeler seni görmek istiyor." Odanın içine girince kapıyı kapatıp, sevimli ses tonunu da kapının dışında bırakırdı. "Sen beni öldüreceksin! Bu odanın hali ne böyle, her yer toz içinde, güzelim halının üstünde bu taşları kırma demedim mi sana kaç kere, şuna bak, genç kızdan çok inşaat işçisine benziyorsun. Git bir duş al. Burayı topla, sonra da içeri gel. Aytenler seni görmek istiyor." Tümceleri sert ve emir tonuyla söyledikten sonra kapıyı açar, dışarıda onu bekleyen yumuşak ses tonuna geri dönerdi. "Bu kız bir alem. Heykel yapacağım diye odasına kapanınca hiçbir şey duymuyor, ölsem farkında olmaz," sözleriyle de noktalardı gösterisini.

Babası destek olmasa Güzel Sanatlara gidemezdi ve annesi açısından çok daha mükemmel bir hayatı olurdu. Neyse ki Sedat vardı. Ne tuhaf, Sedat'la annesini tanıştırdığında, bu kadar aklı başında bir adamın kızıyla evlenmek isteyebileceğine hiç inanamamıştı. Şimdi de, evliliğini sürdürdüğüne inanamadığı gibi. Kızı... Annesi...

Pan, ellerinin arasında yaşama dönerken, onun da içindeki hücreler temiz hava alıyordu. Huzursuzluğun öfkesi, yerini yaratmanın sarhoşluğuna bırakıyordu. Bu heykeli bitirince salona çıkartmayı düşündü. Eski günlerin anısı, geleceğin de umudu olabilirdi. Sedat da, "Artık hiçbir şey yapmıyorsun," deyip duruyordu son günlerde. Gerçekte bu sözlerin anlamı; "Neden yaptığın hiçbir heykeli bitirmiyorsun ya da bitirdiklerini neden eskisi gibi bana göstermiyorsun, bir sorun mu var?" demekti ama... Kocası aklına gelince gülümsedi. Sedat, yumuşacık bir kazaktı onun için; ısıtan, koruyan, kollayan, belki de gerekli.

"Saatlerdir hiç sesin çıkmıyor, acıkmışsındır diye sana meyve getirdim," sesiyle, elleri ve düşünceleri ayrışmıştı. Aliye önce mermere, sonra da Ilgım'ın yüzüne baktı: "Akşama, yaprak sarma yaptım. Doğru düzgün ev yemeği yiyin diye. Hep dışarılarda yiyorsunuz yemeğinizi," dedi. Ilgım bu serzenişlere alışıktı. Birkaç gün üst üste dışarıda olurlarsa, kızardı Aliye. Hiç evlenmemiş bu kadının çocukları gibiydiler; yemeklerine, gezmelerine, içmelerine karışma hakkını bulurdu kendinde, ama bunu o kadar içten yapardı ki, ona kızmak akıllarına bile gelmezdi. Onlar çocuk, Aliye de evin büyüğü gibiydi. Tabaktakileri bitirene kadar bekledi. "Sedat iki saat sonra gelir," diye de hatırlattı. Ilgım'ın inine indiğinde, kendini bile unuttuğunu öğrenmişti. "Tamam," dedi Ilgım, "Birazdan ben de yukarıya çıkarım."

Aslında canı yarı keçi, yarı tanrı Pan'ından ayrılmak istemiyordu. En azından bugün kabasını bitirebilsem diye düşündü. Erkek olan üst kısmını çok rahat yapabiliyor, ama keçi olan alt kısmında zorlanıyordu; kısa bacakları, ayakları, organı...

Kullandığı kültablasını boşalttı, cin tonik içtiği bardağını yıkadı, geri kalan hiçbir şeye el sürmeden öylece bıraktı, döndüğünde kaldığı yerden devam edebilsin diye. Ender çok kızardı. "Sözlerin tam bir palavra, kendi kendine gerekçeler yaratmaktan vazgeç ve dürüst ol. Üşendiğin için burasını dağınık bırakıyorsun, tembellikten," diyerek, toplardı onun dağıttıklarını. Gelse de, yine kavga etseler, yine ona bağırsa...

Yukarıya çıkınca, önce bir duş aldı, sonra saçlarını topuz yaptı, kumaş bir pantolonla gömlek giydi, hafif makyaj yapmayı da ihmal etmedi. Salona geldiğinde, Aliye sofrayı hazırlamış, gitmek için onu bekliyordu. Yalnız kalınca mutfağa gitti. Salata bile yapılmış, yalnızca yemeklerin ısıtılması kalmıştı. Mutfak mis gibi güven kokuyordu. Ilgım, bu kokuya ihtiyaç duyuyordu.

Camın kenarındaki berjer koltuğuna oturdu, diğer koltuk hep boştu. Sedat, camın önünde duran bu iki berjerden hep nefret etmişti. Bu iki koltuk annesine, babaannesinden kalmıştı ve annesi de nefret ederdi bu koltuklardan. Ilgım istediğinde, büyük bir mutlulukla vermeyi kabul etmişti. "Ilgım, evi antikacıya çevireceksin" demişti Sedat, ama sonra, kendisi de beğenmişti evin dekorasyonunu. Koltuğa oturunca, hazırladığı cin toniği mutfakta unuttuğunu fark etti. Onun içkisi bol tonik, azıcık Gordon cindi. İçmeyi sevdiği için alkolü az koyuyordu, yoksa üniversite yıllarından biliyordu başına nelerin gelebileceğini. Ne çok şey öğretmişti ona hayat. Ne çok acılar çekmişti, ama hâlâ acılara kaşınıyordu. Belki şimdi, tamamen bırakmıyordu kendini, ama ucundan azıcık kaşınmak hoşuna gidiyordu.

"Günün bu saatinde yapılacak en iyi şey annemi aramak," diye düşündü. Bu saatte, o 'Yalan Rüzgârı'nı seyrederken arayıp havadan sudan konuşmak. Annesi, "Beni bu saatte aramamanı kaç kere söyledim," diyecekti yine ve o da yine gülecekti... Evet, annesinin keyfini kaçırmaktan, özellikle de 'Yalan Rüzgârı'nı seyrederken keyfini kaçırmaktan özel bir zevk alıyordu. Annesi, bir bağımlıydı!.. Acı ama gerçek; pek çok kadın gibi annesi de anlamsızlığa bağımlıydı!..

Hava kararmaya başlayınca, salonun diğer perdelerinin kapalı olduğunu fark etti. Aliye, yine perdeleri kapatmıştı. Yıllardır bu konudaki çekişmeleri sonuca bağlanamamıştı. Ilgım kapalı perdelerden nefret eder, hiçbir odanın perdesini kapatmaz, Aliye de söylenir, "Kızım içerisi gözükür; giyiniyorsun, soyunuyorsun, açık perdelerle hiç olur mu?" deyip perdeleri kapatırdı. Arkasından o, kapanan bütün perdeleri açardı. Tıpkı şimdi yaptığı gibi.

"Bedenimiz varoluşumuzun en somut göstergesidir. Gelişme ve var olma bedenle entegre olmamızla doğru orantılıdır. Saklamak bedenin bütünselliğini engeller. Saklamak gizliliği, utanmayı ve reddedişi getirir..."

— Bu ne dalgınlık böyle, camın önünde oturup geldiğimi bile görmüyorsun.

— Aaaa, gerçekten görmedim seni, arabanın sesini bile duymadım.

Kocasının gelişi düşüncelerini bölmüştü. Ancak aklı hâlâ geçmişteydi.

Sedat, karısının yanağına bir öpücük kondurduktan sonra, üstünü değiştirmek için üst kata çıktı. Ilgım mutfakta yemeklerin altını yaktı. Sofraya oturduklarında, kocası gene sinirliydi. On iki kişilik bu koca yemek masasında, iki kişi yemek yemek hoşuna giderdi Ilgım'ın ve baş başa yedikleri her akşam yemeğinde, gümüş şamdanlardaki kokulu mumları yakardı. Bilirdi ki, bu yemekler Sedat'ı sakinleştirip havasını değiştirecek. Gergin bir işgününden sonra, eve genellikle huzursuz gelir, ama içerdeki hava ruhuna işledikçe gevşerdi. Yıllardır her akşam, aynı özen ve şıklıkta hazır olurdu masa, bu çağda yaşamıyorlarmışcasına... Bu fikir evliliklerinin ilk yıllarında Ilgım'dan çıkmıştı: "Bütün gün dışarıda yirminci yüzyılı yaşıyorsun, bari akşamları ben sana başka bir yüzyılı yaşatayım," demişti ve bu geleneği yıllardır sürdürüyordu. Bu onların sırrıydı. Şamdanlar, gümüş çatal kaşıklar, kenarı gümüş yaldızlı Fransız porselenler, sadece onların akşam yemekleri içindi, bu takım misafirlere çıkmazdı. Neredeyse bir servet ödeyerek, özel bir müzayededen almıştı onları. O zaman kızmıştı Sedat, şimdiyse huzur buluyordu... Ilgım'ın soruları olmazsa ya da soru soracak hali yoksa, yemek Wagner'in melodileri eşliğinde, sessizce yenilirdi.

"Yanağının altındaki gizli kalbi, düzenli atmaya başladığına göre oldukça sinirli," diye düşündü Ilgım. Bunu üniversite yıllarında öğrenmişti, tüm erkeklerin yanaklarının biraz aşağısında duran kalplerini ve sinirlendiklerinde de o kalbin harekete geçtiğini...

— Canın sıkkın gibi?

— Hep derim ya, insanlara edilecek en güzel beddua "patron ol"

— Ama, sen patron olmaktan memnunsun. Bugün yine kızmışsın, gerçi senin kadar sakin bir adamı nasıl kızdırıyorlar, bunu hiç anlamıyorum ya.

— İş dünyası insanları, garip bir şekilde vampirleştiriyor.

— Yani geceleri dikkatli mi olmalıyım?

— Ilgım!

— Senin iş hayatın, ilişkilerin, bana öylesine karmaşık ve yapay geliyor ki.

— Doğru, bazen ben de anlayamıyorum. Bugün sen neler yaptın?

— Bütün gün atölyedeydim. Yeni bir heykele başladım. Ender'le konuştum.

— Ne yapıyor bizim büyük yontucu. Heykeltıraş denmesine kızıyordu, değil mi?

— Evet, yakında gelecekmiş, ama zamanı henüz kesinleşmemiş; çok sevindim.

Sedat, sessizlikte, mumun alevlerinin arasından karısını seyrediyordu. Kırılganlığı, duyarlılığı, açıklığı, zarifliği ve duruluğu, onu, bunca yıldan sonra bile etkiliyordu. Ilgımla yaşamak çok kolay, ama çok zordu. Gerçi yıllar, onu sessiz bir kabuğun içine kapatmıştı, ama yine de memnundu hayatından. En azından Ilgım çevresindeki kadınlar gibi vır vır, dır dır etmezdi. Farklıydı, ama farklılığını gizlemeyi de öğrenmişti ve Sedat...

Ilgım, Sedat'ın kendisini seyretmesinden hoşlanıyordu. Çok özel bir antikayı korur gibi korumasını da kabullenmişti. Olmalıları, gereklilikleri bir yana itmiş ve korkularını kabul etmişti. Ve öfkelerini... Ve zayıflıklarını... Sedat, onu anlamaya çalışıyor, anlamadığı zamanlarda da, en azından değiştirmeye çalışmıyordu. O da, kocasının çevresini ürkütmemeyi öğrenmiş, Sedat Halit'in zarif ve sessiz eşi rolünü kabullenmişti. Her ikisi de, birbirlerinin sınırlarını bildiklerinden o bölgelere yaklaşmamaya ve zorlamamaya özen gösterirlerdi. Hiçbir zaman dile gelmeyen anlaşmalar vardı ilişkilerinde. Güçlü koruyucu Erkek ve kırılgan, korunmazsa zarar görecek Kadın ya da herkese meydan okuyarak Kadını kurtaran şövalye Erkek ve pisliklerden temizlenen Kadın gibi, bildik senaryolardan biri...

Yemek bitince, Ilgım masadakileri topladı. Sedat, büfenin önündeki üçlü koltuğa yayılarak oturdu. Kahve ve konyağını yudumlarken, Sedat yarın akşam gitmesi gereken yemeği anlatıyordu.

— Yarınki yemeğe İstanbul'dan ve İzmir'den de birkaç iş adamı ve bazı politikacılar katılacak.

Ilgım, büfenin içindeki antika çanakları seyrediyordu, dinlerken. "Kim bilir bunları kullananlar, birbirlerine ne anlatıyorlardı, o zamanlar böyle iş yemekleri de yoktu," diye düşünürken gülümsemişti. Sedat, o alaylı tebessümünü yakalamış, ama üstüne gitmemişti. Bu da, anlaşmanın dile gelmeyen maddelerinden biriydi. Ilgım hoşlanmazdı bu tip gruplardan, ama...

Kahvelerini bitirdikten sonra, yandaki odaya geçtiler. İçeride büyük ekran bir televizyon, canlı renklerle kaplı iki kuştüyü minderli kanepe ve kanepelerin yanlarında duran küçük cam sehpalardan başka hiçbir şey yoktu. Bu odada, küs kardeşler gibi, ikisi de birer kanepeye uzanıp televizyonun esaretini kabullenirler ve izledikleri film bitince de odalarına çıkarlardı.

Bütün ışıkların sönmesini izledi. Seçkin yorulmuştu. Bu işten, bu kadar zevk alabileceğini hiç düşünmemişti. Gözünü teleskoptan çekince, teleskopa göz kırptı; ilginç bir iş ortağı bulmuştu. Karşıdaki ev karanlığa gömülünce, Seçkin dolaptan birasını aldı ve şöminenin karşısındaki koltuğa oturup ayaklarını uzattı. Bugünle ilgili notlar almayı düşündü. Cep telefonunun çaldığı ve tuvalete gittiği anlar dışında bütün öğleden sonrasını, teleskop, koltuklar ve cam üçgeninde geçirmiş, ama sıkılmamıştı. Ne Damla gelmişti aklına, ne Küçükkuyu, ne de gazete. Birden her şey silinmiş, gerçek, gözü, mercek ve gördüklerinden var edilmişti. Seyretmek, izlemek, gizlilik ve merak başka ufuklara götürmüştü onu ve kendi kaçışlarını yitirmişti. "Belki de, başkalarının hayatlarına, yaptıklarına, yaşadıklarına, düşündüklerine bunca ilgimizin altında yatan korkularımız ve kendimizden kaçma arzumuzdur," diye düşünmüştü.

Öğlene doğru, buraya geldiğinde, kendini rahat hissetmiş ve hemen Ilgım'ın evinde gözünü gezdirmiş, ama göz sessizlikten ve evde iş yapan kadından başka bir şeye rastlamayınca, eşyalarını yerleştirmişti. Kırmızılı yatak odasında dolap olmadığını anlayınca, üçüncü odaya bakmış ve orasının dolaplarla kaplı giyinme odası olduğunu keşfetmiş, getirdiği üç-beş parça kıyafeti bomboş olan dolaplara yerleştirmişti. Burası, işi gereği, konakladığı bir misafirhaneydi; kendine özel, kendine saklı...

Teleskoptan ikinci kez baktığında, gözü önce bir şok geçirmiş ve şok dalgası gözden deliğe, delikten Seçkin'in bilincine, bilincinden bedenine yayılmış, en sonunda kasıklarında kalakalmıştı. Ilgım, çırılçıplak yatak odasında dolaşıyordu. Çıplak bir kadın, giyinikmişçesine rahat, odanın içinde kaybolup geri dönüyordu. Uzun boynu, iri memeleri, yuvarlak kalçaları ve kalkık poposuyla sanki hiç yıpranmamış gibiydi. Seçkin terlemiş, kasıkları ağrımış, kalbinin sesinden ürkmüş, ama gözünü geri alamamıştı. Göz, sanki gizli gizli, çıplaklığın üzerinde gezinmenin tadını çıkarmıştı. Onu göremeyince, bir sigara yakmış, derin derin nefes almıştı. Canının ne istediğini biliyordu, ama yapmaktan çekinmişti. Sanki adice... Sakinleşince tekrar dönmüştü görevine ve gözü Ilgım'ın havlusuyla kurulanmasını görmüştü. Demek ki yatak odasında banyo var, oraya girdiğinde kayboluyor, diye akıl yürütmüştü Seçkin. Kurulanmasına göz de yardım etmişti. Bu kurulanmada alışılmadık bir yan vardı. Ilgım, havlu, bedeni, dokunuşu ve eliyle teninin her buluşmasında yüzünde beliren ifade... Seçkin bu ifade ile hiç karşılaşmadığı için adını da koyamamıştı. Etkilenmişti, kasıklarının çığlıkları da yeniden başlamıştı. Ilgım giyindiğinde, üzerinden ağır bir yük kalkmıştı, gerçi böyle bir yükü taşımaktan asla şikayetçi olmazdı, bir de...

Ilgım, daha sonra aşağıya salona inmiş, gazetelerini okurken, göz de satırlara eşlik etmişti. Günün kalan kısmını atölyesinde geçirmişti. Atölyeye indiğinde, gözün dikkatini çeken Ilgım'ın tavırlarındaki değişiklik olmuştu. Bunu sözcüklerle tanımlamak zor geliyordu Seçkin'e. Sanki Ilgım'ın içinde bir ateş yanmaya başlamış, hareketlerindeki zarafetin yerini kesinlik almış, çamurla uğraşan eli, bedeninin duruşu, yüzündeki ulaşılmazlıkla... Atölyede sanki başka bir kadın olmuştu. Çamurla uğraşırken, ne olduysa bir anda elindekini bırakıp telefonla konuşmaya başlamıştı. Telefonda konuşurken kahkahalar atar gibiydi, kiminle konuştuğunu merak etmişti Seçkin. Telefon konuşması yaklaşık iki saat sürmüştü. Elinde telefon, divanda uzanmış, gözleri hayallerini seyreder gibi... Telefon konuşması uzayınca Seçkin sıkılmış, kendine peynirli ve jambonlu sandviç yapıp yemişti. Kadınlar, diye düşünmüştü, ellerine konuşma fırsatı geçti mi, susmak bilmezler, en sessiz görünenleri bile. Büyük bir ihtimalle bir kadın arkadaşıyla dedikodu yapıyordur, bu iyi niyetli bir tahmin, belki de başka bir erkek, bu da kötü niyetli ikinci tahmin. Beni, kocası tutmuş olamaz mı, Sevgilisi mi var, diye. Belki de sevgilisi tutmuştur, onsuz hayatının nasıl geçtiğini öğrenmek için. Telefonu kapattıktan sonra Ilgım bir mermer yerleştirmişti masaya ve ona dokunmuştu, sanki kendi bedenini kurularmışcasına... Elindeki aletlerle kırmış, şekil vermişti; bir erkek gibi kuvvetli, tereddütsüz, dışarıya kapanmış; mermerle uğraşıp durmuştu. Galiba, bir hayvan heykeli yapmaya uğraşıyordu.

Akşama doğru yukarı çıktığında, perdeler kapalı olduğu için neler yaptığını görememişti. Evdeki kadın, hava kararınca kapatmıştı perdeleri. O ayvayı yedik diye düşünürken, Ilgım perdeleri açmış, camda kocasını beklemişti. Perdeleri açtığında eski haline dönmüş, zarif, bakımlı Ilgım olmuştu. Bu değişimi yakalamak ilginç gelmişti Seçkin'e. "Belki de günlük hay huyun arasında kaçırıyoruz insanların farklı yüzlerini ve hallerini," diye düşünmüştü.

Sedat Halit gelince, yemek yemişlerdi. Yemek masasının büyüklüğü, masadaki şamdanlar, masanın örtüsü çok ilginç gelmişti Seçkin'e, hem de çok ilginç. Yemek boyunca konuşmuşlardı, anlaşılan bunlar sözlerini tüketmiş evlilerden değillerdi. Gerçi bir kerede hüküm vermek doğru değildi, ama gözü Sedat'ın Ilgım'a, Ilgım'ın Sedat'a bakışlarına tanık olmuştu. İkisinin gözlerinde de bıkkınlık ya da nefret yoktu. Gözler birbirini anlıyordu, tabii onun gözü de anlamıştı. Yemekten sonra, kahvelerini salonda içmişler, sonra salonun yanındaki küçük odaya geçmişlerdi.

Karı koca, küs kardeşler gibi ayrı kanepelere oturup televizyon seyretmişler, film bitince, hiç oyalanmadan odalarına çıkıp yatmışlardı. Sedat pijama giymiş, Ilgım ise çıplak girmişti yatağa. Demek ki, Seçkin bu bedenin çıplaklığıyla sık sık karşılaşacaktı. Derin bir nefes almış ve hemen uzaklaştırmıştı gözünü delikten, düşüncelerini de Ilgım'ın bedeninden, yoksa bugün...

Seçkin, elinde not defteri, ne yazacağını düşünüyordu. Defterin ortasına, birinci gün (10 Mayıs 99,

Pazartesi) diye yazıp kalmıştı. Bugünle ilgili ne yazacaktı? Küçük notlar almaya çalıştı kâğıda, ne yazacağını bilemeden. Belki de Ilgım'ın evdeki ve atölyedeki farklılığını anlatmalıydı, canı bu konuyla uğraşmak istemedi. Nasıl olsa hafta sonunda hepsini derleyip toparlayıp yazabilirdi.

Bira şişesini eline aldı, üst üste iki yudum içti. Karnı acıkmıştı, dolapta gördüğü donmuş pizzalar geldi aklına. Gece yarısı olmasına rağmen üşenmeden pizza ısıttı kendine. Mutfakta yemek yemekten oldum olası hoşlanmazdı. Mutfaklardan huzursuz olurdu.

Bu gece, kırmızı odada uyumak düşüncesi bile onu huzursuz ediyordu. Fantezilerde böyle bir oda hoş olabilirdi ama böyle bir durumda... Birasından bir yudum daha aldı, bir parça da pizza; lokmayı ağır ağır çiğnedi, dilinin üzerinde azıcık bekletti. Acelesizce yuttu. Yemek yemek, özel bir zevkti, tadını almasını bilen için tıpkı...

Yorulmuştu. Uyumak istiyordu. Kırmızı odaya girdiğinde, huzursuzdu. Üzerindekileri çıkardı ve don, atlet yatağa girdi. Pijama giymekten hoşlanmaz, ama çıplak da uyuyamazdı. Yatak leylak kokuyordu, mis gibi leylak, bu adam işini biliyor diye düşündü. Yatak soğuktu, yatak boştu ve Seçkin Damla'yı düşlüyordu.

Damla, Beymen'in genç yetenekler yarışmasında birinci olmuştu. İyi bir stilist olacağına kesin gözüyle bakılıyordu. Her şey, Seçkin'in Damla ile yaptığı röportajla başlamıştı. Edepsiz, deli dolu, rahat, başına buyruk bir kızdı Damla. Siyah dalgalı uzun saçları, çekik zeytin yeşili gözleri, kırılacak kadar ince bedeni ile ufak tefek, ama etkileyiciydi. Sık sık modellik de yapardı, ama en büyük hedefi dünya çapında bir moda tasarımcısı olmaktı. Bu kafayla giderse Türkiye çapında bile olamayacaktı, ama kimseyi dinlediği yoktu. Yan yana nasıl geldikleri çok tartışmalıydı. Sık sık, "Bizi yan yana getiren mıknatıs dinamiği," derdi, "birimiz mıknatıs öbürümüz çekilen metal." Ama kim mıknatıstı, kim metal o belli olmamıştı.

Damla'nın gösteriş yapmak gibi bir saplantısı vardı. Seçkin onun kime, neyi kanıtlamaya çalıştığını ya da böyle bir kanıta neden ihtiyaç duyduğunu anlayamadığı için de bu konu bitmez tükenmez tartışmalara yol açmıştı. Damla, "Ben, senin gibi, insanları umursamadan yaşayamam, benim için insanları etkilemek önemli," derdi. Tartışma uzarsa, onun kucağına oturur, "Hadi şimdi bu deli kızı akıllandır," diyerek, tartışmayı ustalıkla yatakta bitirirdi. Damla hiç sakınmadan, her zaman herkese karşı cinselliğini kullanırdı. Yine de Damla'yı özlüyordu, en çok da edepsizliğini...

13 Mayıs, Perşembe

Sabah uyandığında, "Allah kahretsin," diye başladı güne, donu yapış yapıştı. Şeytanın işi işte. Hemen duşa girdi, giyindi. Erken olmasına rağmen gözü öbür evde kısa bir tur attı. Sedat Halit evden çıkmak üzereydi. Ilgım ortalarda yoktu, evdeki kadın salonu toparlıyordu. Seçkin hemen evden çıkmayı düşündü, belki Sedat Halit'le sokakta karşılaşabilirdi, belki bir ipucu...

Apartmandan çıktığında, Sedat'ın şoförü arabanın kapısını açmış, patronunu bekliyordu. Adımlarını ağırlaştırdı. Başarmıştı işte!.. Sedat kapıdan çıkıyordu. Hemen karşı kaldırıma geçti ve adamla yüz yüze geldi. Sedat Halit, başıyla selam verdi ona. Bu sokakta böyle bir adet mi vardı? Yoksa o muydu?..

Gazeteye gittiğinde şöyle bir ortalıkta gözüktü. Sekreter kıza yapacağı araştırma için, bu günlerde çoğunlukla dışarıda olacağını, ama cebinin açık olduğunu tekrar söyledi. Bu genç sekreterlere güvenemiyordu, hem gençlerdi, hem de bahar gelmişti. Gazeteden çıkmadan önce Rıfat'a uğradı. Rıfat masasında, fotoğraflarla boğuşmaktaydı.

— Oğlum, günlerdir ortalıkta yoksun, bulabilene aşk olsun.

— Araştırma dizisi hazırlıyorum ya, hem cebim açık.

— Ne karıştırıyorsun gene?

— Söyledim ya, araştırma dizisi için çalışıyorum.

— Konu moda ve stilistler mi yoksa?

— Hiç komik değilsin. Onu kaç aydır görmedim.

— Ben sık sık karşılaşıyorum, istersen senin için birkaç fotoğrafını çekeyim.

— Sağol, bende yeteri kadar var.

— Aman sen de, hemen kızıyorsun. O kızla yapamayacağını, senin dışında herkes biliyordu, sen biraz geç anladın. Yine de, onca zaman iyi götürdün bu işi, seni takdir ediyorum.

— Bir türlü sevemedin Damla'yı.

— Manyak karının tekiydi! Neyse şimdi siktir et Damla'yı. Ne araştırması yapıyorsun, ondan bahset.

— İş dünyasında, başarılarıyla sivrilmiş isimlerin başarısızlıkları diye özetlenebilir.

— Yüksek hakim onay verdi mi?

— Canı gönülden olmasa da evet.

— Daha ne kadar ortalıklarda gözükmeyeceksin?

— Bilemiyorum, çalışmalarıma bağlı.

Rıfat, pis pis sırıtarak, "Bu işin içinde bir iş var ya, dur bakalım, çıkar kokusu yakında," dedi. Seçkin hiç bozuntuya vermeden, "Oğlum, senin için fesat," diye yanıt verince, fazla üzerine gitmedi. Üniversitedeki sıra arkadaşının içini dışını bilirdi ve onun bir şeyler karıştırdığından emindi. Nasıl olsa içinde tutamayacak, bir süre sonra dökülecekti.

— Hadi ben gidiyorum.

— Akşam dışarıda iki tek atalım mı?

— Bu akşam?.. Ben seni ararım.

Rıfat'ın yanından çıkınca rahatladı. Bu adam sezgilerinde hiç yanılmazdı. Yıllardır hem başının belası, hem de en yakın dostuydu, ama Ilgım'dan şu anda ona bile söz edemezdi. Belki sonra. Belki çok sonra...

Seçkin eve döndüğünde, Ilgım uyanmamıştı. Kendine bir kahve yaptı. Getirdiği dergileri karıştırmaya başladı. Düzenli aralıklarla, karşı evi kontrol etmeyi de ihmal etmedi.

Ilgım uyandığı halde uzun süre kalkmadı yatağından. Canı tembellik etmek istedi. Bugün evden çıkmayacaktı. Belki günlerdir bitiremediği Pan heykelini bitirir, belki bahçe ile ilgilenir, belki de...

Annesine naz yapan genç kız edasıyla, Aliye'ye seslendi; kahvaltısını yatağına istedi. Bugün kesinlikle tembellik yapacaktı. "Günlerdir okuyamadığım şu kitabı bitiririm belki," diye düşündü. Aliye odadan çıktığında, odayı inceliyordu. Sanki yıllardır bu odayı kullanan kendisi değilmiş gibi, sanki eşyalar her defasında ona farklı ipuçları fısıldıyormuş gibi...

Odasının beyaz duvarları. Beyazın saflığı ve temizliği değil, yalıtkanlığı. Yatağın karşısındaki bronz erkek heykelinin, hiç kadın eli değmemiş gibi eksik duruşu, yerdeki beyaz halı, bu beyazlığı bozan siyah metal yatağı, bürümcükten yapılmış perdeleri, yatağın karşısındaki pirinç boy aynası ve camın önünde dedesinden kalan; şimdinin, bir an sonra geçmiş olacağını hatırlatan, şarap gibi, bekledikçe kıymetlenen sallanan koltuğu. Şarap gibi; asla kadın gibi değil. Çünkü kadın bekledikçe kurur. Aslında, kadın kitap gibidir; sayfaları çevrildikçe okunur.

Bu yatağı Brüksel'den getirtmişti. Sedat, bu isteğini kapris olarak görmüşse de, onu kırmamak için ses çıkarmamıştı. Oysa ki bu yatak... Onunla o kadar çok şey paylaşmıştı ki. Yatağı onun sırdaşı gibiydi; kadınlığını, kadınlığındaki evreleri, bedenini, başka bedenleri hep onunla beraber tanımıştı. Bu yatak onun nereden nereye geldiğini ya da gelemediğini onun kadar iyi biliyordu. Zaten başka kim vardı ki... Siyah metal yatağı... Belki yatağı da şimdi onun gibi hüzünlü, belki de yatağı ona küsmüş, eskisi gibi onunla beraber var olamadığı için... Siyah metal yatağı... Kadınlığı... Cinselliği... Küskünlüğü... Siyah metal yatağı...

Yatak odasındaki halı hariç, tüm eşyalar; bronz erkek heykeli, perdeleri, sallanan koltuğu, makyaj masası olarak kullandığı antika komodini, aynası, lambaları geçmişini şimdiye taşırlardı. Bu odaya, yeni bir şey sokmamaya inat eder ve aynı inatla odasındaki hiçbir şeyden vazgeçmezdi. Sanki onlarla gecelerini ve sabahlarını paylaşmazsa, rüyalarını onların soluğuyla yaşamazsa, geçmişi de, şimdisi de yok olacaktı. Kim bilir, belki kendisi de...

Aliye kahvaltı tepsisini getirdiğinde, düşünceleri bölündü. Tepsinin kenarına konmuş gazeteleri alıp yatağının yanına koydu. Canı bir şeyler yemek istemedi. Çayından bir yudum aldı. Gazeteyi okumaya çalıştı, ama okurken bir önceki kelimeyi unutuyordu. Unutmak, hatırlamak, anlamak, anlamamak, bilmek, bilmemek...

Yataktan kalktığında gün, yolun yarısını almıştı bile. Hiç acele etmeden duşunu aldı. Canı kurulanmak istemedi. Islak ıslak, yatağının kenarına oturdu, vücudundan süzülen damlaları seyretti. Damlalar teker teker kayıp erirken teninde, bedeni ürperiyordu. Hava ve damlalar yalıyordu bedenini, havlu ya da başka bir ten değil. Kendini istiridye gibi hissetti. Su tanecikleri, içinde oluşmaya başlamış, ama tamamlanamamış inciye, bedeni sıkı sıkıya kapalı bir istiridyeye dönüşmüştü.

Oturduğu yerdeki ıslaklığa şöyle bir baktı, ama

oralı olmadı. Pencereyi açtı. Camın önünde öylece çıplak, derin derin nefes aldı. Sedat olsaydı yanında, kızardı ona, "Ilgım, güpegündüz şu yaptığın iş mi?" diye. Gülümsedi. Sanki Sedat yanındaydı da, onu yatıştırmak ister gibi gülümsemişti. Evin etrafını saran bahçe, bahçedeki büyümüş ağaçlar, önlerindeki geniş sokak gizliyordu evlerini. Çevrelerindeki evlerin çoğu tek katlıydı, bir tek sokağın karşısındaki apartman, o da hem yakın değil, hem de camın önünü kapatan yapraklar vardı. Günün bu saatinde kim bakacaktı ki, ya da baksa, görse bile ne olacaktı ki, önünde sonunda çıplak bir kadın, herkes gibi, hiç kimse gibi... Düşündüklerine rağmen yine de şöyle bir göz gezdirdi çevresine. Sokak sessiz, camlar kıpırtısızdı, bir tek güneşin kahkahaları vardı, pırıl pırıl, gözleri kamaştıran; sorun yoktu yani. Camın önünden çekildikten sonra pamuklu, uzun, bol, gri bir elbise geçirdi üzerine, içine don giymedi. Nasıl olsa bütün gün evdeydi.

Kahvaltı tepsisini alıp, aşağı kata indi. Tepsiyi mutfaktaki masaya bırakırken, "Fazla yemek yapma. Akşam Sedat dışarıda nasıl olsa," dedi Aliye'ye. Büyük bir bardak buzlu limonata hazırladı kendine ve devam etti: "Ben bahçede kitap okuyacağım, arayanları not al, sonra ararım." Cümlesinin sonuna geldiğinde mutfaktan çıkmıştı bile.

Bahçeye indiğinde, yine derin derin nefes aldı. Hamağı zorlanarak çıkardı depodan ve iki ağaç arasına kurdu, sonra aynı yerden ahşap minik bir sehpa çıkardı, onu da yanına koydu. Güneş gözlüğünü taktı, hamağa uzandı. Yeşillikler içinde, sessiz ve sıcak. Bazen huzurlu olmak ne kadar kolaydı, bazen de ne kadar zordu. Düşüncelerinde kaybolmak istemediği için, elindeki kitabın satırlarında kayboldu. Ne geçen saatleri fark etti, ne güneşin susan kahkahalarını ne serinleyen havayı, ne de düşüncelerini. Başka bir dünyadaydı şimdi, belki de kendi yapamadıklarını yapabilen, ya da onu başka... Kitabın satırlarını görememeye başladığında havanın karardığını anladı. Temiz havayı bir daha çekti içine. "Sedat bu gece geç gelecek, en iyisi kitaba devam etmek," diye düşündü.

Mutfakta bir şeyler atıştırdıktan sonra, arayanların isimlerine baktı, kimseyle konuşmak istemedi. Kitabı nerede okuyacağını düşündü. "En alt katta atölye ve bahçe eşyalarının durduğu depodan başka bir yer yok. Atölyede kitap okuyamam, dağınık. Orta katta salon, mutfak, televizyon odası ve tuvalet var. Salondaki ışıklar kitap okurken gözümü yoruyor. Televizyon odasında, dayanamayıp televizyonu açıyorum, o zaman da dikkatim dağılıyor. En üst katta ise yatak odası, Sedat'ın çalışma odası ve küçük misafir odası var. Sedat'ın çalışma odasında içime afakanlar basıyor. Misafir odası, misafir için. En iyisi yatak odam." Kendine güldü, beş yüz metre kare evde kitap okuyacak yer bulmakta zorlanıyordu. "Az oda, ama büyük hacimler..." diyen, kendisi değilmiş gibi.

Bedeninde dolaşan ellerle açtı gözlerini, ama kafası sersem gibiydi. Sedat'ın gözlerini görünce uyuyakaldığı anladı. "Çok güzel uyuyordun. Çok güzel olduğun için dayanamadım, uyandırdım," diyen Sedat, muzip bir ifadeyle bakıyordu.

— Yemek iyi geçti mi bari?

— Her zamanki gibi.

— Saat kaç?

— Yarıma geliyor.

— Kitabı okurken uyuyakalmışım, herhalde temiz hava çarptı. Bugün hep bahçedeydim.

— Bakalım vücudun güneşten yanmış mı?

Ilgım, Sedat'ın üzerindekileri aceleyle çıkarmasını izlerken, "Dur ben çıkartayım," diyerek kalktı yataktan. Hiç acele etmeden, Sedat'ın gömleğinin düğmelerini çözdü ve gömleği çıkardı. Kemerini çözdükten sonra, aynı yavaşlıkta pantolonunun düğmelerini açıp pantolonunu indirdi. Ama çamaşırlarını çıkarmadı. Önce hafif hafif dokundu vücuduna, sonra dokunuşlarını sertleştirdi. Sedat, Ilgım'ı hırsla öperken Ilgım, hiç acele etmeden okşayışlarını sürdürerek, çıplak bedeniyle sarıldı kocasına ve yüzünde dilini gezdirdi. Ilgım, bu heyecanı uzatmak isterken, Sedat aceleyle kadının çamaşırlarını çıkarttı. Onu yere yatırdı. Ilgım, şimdi kocaman bir boşlukta yarım ve yalnız kalmıştı.

Seçkin gözlerini teleskoptan ayırdığında, "Ne gece," diye düşündü, ama düşüncelerini tamamlayamadan duş almak zorunda kaldı. Duştan çıktığında, "Hamamda karılar nasıl bayılır göster bakalım oğlum," dedi. Evet bu geceye en uygun sözcük buydu.

Salona girmek istemedi, çünkü teleskopu görmek istemiyordu. Sanki içindeki bir başka benle yüzleştiriyordu onu teleskop ve Seçkin hissettiklerinden hem zevk alıyor, hem de huzursuz oluyordu.

Soğuk bir bira açtı ve notlarını mutfaktaki masada yazmaya başladı. (13 Mayıs, Perşembe) Bütün gün evde oturdu, kitap okudu, kocası akşam o uyuduktan sonra geldi ve gece... Uffff diye iç çekti, daha fazla ne yazabilirdi ki...

Ertesi sabah, Seçkin gazeteden döndükten çok sonra uyanmıştı Ilgım. Kahvaltısını da yatakta yapmıştı. "Ben de Sedat Halit'in karısı olsam, yatakta kahvaltı ederdim," diye düşünmüştü Seçkin. Ne rahat hayat. Daha düşünceleri sonlanmadan, Ilgım çırılçıplak dolaşmaya başlamıştı yine ve yine kaybolmuştu. Ama artık onun banyo yaptığını biliyordu. Banyodan havlusuz çıkınca; Seçkin bozulmuştu. Onu kurulanırken göremeyeceği için. Ilgım, ıslak bedeniyle bir süre yatağında oturmuş, sonra da çırılçıplak camın önünde durmuştu. Güpegündüz, camın önünde, çıplak bir kadın. Seçkin inanamamıştı ve gözünü teleskoptan çekip çıplak gözle bakmıştı cama, ama önündeki yapraklardan, güneşin ışıklarından ve mesafeden ötürü bir şey görememişti. Yine de, iyi cesaret, diye düşünmüştu.

Seçkin bugün daha rahattı. Ilgım'ı çıplak görmeye alışıyor gibiydi. İnsanoğlu, işine gelen değişikliklere hemen adapte olabiliyordu. Ilgım, daha sonra salonda gazetelere bakmış, salondan çıkınca, Seçkin onu bir süre görememişti. Herhalde evin arka bölümlerinde bir şeyler yapıyor, diye akıl yürütmüştü.

Sonra, bahçede görmüştü onu. Bütün gününü bahçede kitap okuyarak geçirmişti. Hem onca saat kitap okuması ilginç gelmişti Seçkin'e, hem de okuduğu kitap: Kate Millett'in özyaşamöyküsü "Uçmak".

Kim bu Ilgım Halit, yatağında kahvaltısını ettikten sonra, villasının bahçesinde Kate Millett okuyan... Nasıl bir kadın, diye düşünmüştü. Sahneleri yan yana getiremiyordu ya da bunu başarabilse bile abuk sabuk bir resim çıkıyordu ortaya, anlayamıyordu...

Belki de kadın demek anlaşılmamak demekti? Damla'yı da anlamamıştı, ondan öncekileri de, tam anladığını sanırken, aslında anlayamadığına aymıştı. Neydi kadın, nasıl gizleri vardı, nasıl anlaşılırdı?..

Ilgım'ın kitap okuduğu saatler boyunca sıkılmış, yanında getirdiği tüm dergilere ve gazetelere bakmış, Rıfat'ı arayıp akşam buluşamayacaklarını söylemiş, sonra evdeki kitaplığı karıştırmış, sonunda, o da yanında getirdiği Bukowski'yi okumuştu. Okurken de, yaşadıklarının tam da Bukowski'lik olduğunu düşünmüştü. Ne edepsizce anlatırdı kim bilir olanları. Belki de edepsizlik...

Hava kararana kadar yerinden kıpırdamamıştı Ilgım. Akşam da okumaya odasında devam etmiş, on ikiye doğru uyuyakalmıştı. Seçkin, o uyuduktan sonra sigarasını içerken camdan Sedat'ın geldiğini görmüş ve yatak odasının ışığı sönmeyince de, merak edip teleskopla bakmıştı. Hiç bu kadar meraklı olacağını düşünmemişti. Röntgenciliğin bu kadar çekici olacağını ve heyecan vereceğini de düşünemediği gibi...

Hayatında ilk defa, bir kadın ve erkeğin sevişmesini seyretmiş, seyretmek yanlış, aslında onlarla birlikteymiş gibi duyumsamış ve heyecanlanmıştı. Sanki o Sedat'mış gibi, sanki onlar onun için sevişiyorlarmış gibi... Soluk almadan, içi kabararak, kalbi atarak, gözünü alamayarak sonuna kadar seyretmiş ve ürkmüştü. Neden?..

Mutfaktan çıktıktan sonra, üst üste dört bira içmiş, karnı şişmişti. Bunun sonunda... Başı dönüyor, bir an önce uyumak istiyordu. Kırmızı yatak odasına girdiğinde, yatak onu boğuyordu. Şimdi yanında Damla olsaydı ve Ilgım gibi, hatta belki de daha iyi...

5

HERHANGİ BİR YERDE,
HERHANGİ BİR ANDA,
HERHANGİ BİR KADIN YA DA ADAM:

İnsan kendini tanıyabilir mi?.. Bir kadın kendini tanıyabilir mi?.. Bir erkek kendini tanıyabilir mi?.. Kendini tanıyabilmek için ne yapmalı?.. Ya da kendini tanımak gerekiyor mu?

Karşındakini tanıyabilir misin?.. Bir kadını tanıyabilir misin?.. Bir erkeği tanıyabilir misin?.. Bir erkeği veya bir kadını tanıyabilmek için ne yapmalı?.. Ya da onları tanımak gerekiyor mu?

Kendimi tanıyamamışken, karşımdakileri tanıyabilmem mümkün mü?.. Ya da ne olduğumu bilmem, diğerlerinin ne olduğunu bilmeme yardımcı oluyor mu?

Kendimi çok iyi tanıyorsam veya tanıdığımı zannediyorsam ve karşımdakileri de çok iyi tanıyorsam, hayat çok sıkıcı olmaz mıydı?

Kendimle barışık olmam ve karşımdakilerle uyum içinde yaşamam olası mı? Ya bir anda tanıdığım kadın ve erkekleri hiç tanımadığımı anlarsam. Çökmez miyim?

Gerçekten doğru var mı, veya doğrusu şu diyebilir miyim?

Belki de en iyisi, kendimi keşfetmeye çalışmak, tümüyle keşfedememeyi ümit ederek. Ve gene en iyisi, kadınları ve erkekleri keşfetmeye çalışmak, hiçbir zaman başarıya ulaşamamaya güvenerek.

Yaşamdan haz alabilmek için, keşfedilecek şeylerin peşinden koşmak...

6

Yüreği boşlukta gezinen
Yankısız bir çığlık
Kulak verdiğimde
Çarpıştığım suskunluk

Evet evet, bu anın heyecanını sonuna kadar yaşamalıyım; çünkü şu anda elimde tuttuğum bu mektup, Ilgım'la ilgili sırların da kapısını açacak. Bu hafta geçmek bilmedi ve şimdi elimde mektup. Ne mi öğrenmek istiyorum? Bunu anlatmak öylesine zor ki. Ilgım'ı öğrenmek istiyorum. Bana ne kadar dürüst olabildiğini. Bana dürüst olması önemli mi? Evet evet hem de çok önemli. Çünkü...

Evet evet, bu zarfı açmayı bir ritüele dönüştürmeliyim. Sadece benim katıldığım, benim için düzenlenen özel bir ritüel. Heyecanlıyım. Belki de karşılaşacağım gerçeklerden korkuyorum. Neden mi? Gerçeklerden korkmayı öğrendiğimiz içindir belki. Bilmem. Biz gerçeklerde değil de, sanrılarda yaşamaya mecbur hissetmez miyiz kendimizi? Hayatı hep olmadığı şekilde yorumlamaz mıyız? Ve hep en basit soruların yanıtlarını ararken çaresiz kalmaz mıyız?

Evet evet, şimdi zarfı açıyorum ve elimde duran beyaz kâğıtlara dokunuyorum. Sanki dokunurken bile okuyabiliyorum ya da okurken biliyorum ki dokunacağım. Neye mi? Bir kadının ruhuna. Kadına belki; kim bilebilir ki...

16 Mayıs, Pazar

Merhaba.

Saatlerdir bilgisayarın başında size yazacağım mektubu düşünüyorum. Öylesine zor ki, öylesine kolay ki... Çelişkili belki, ama bana önerdiğiniz bu işten sonra benim de bütün düşüncelerim, yaşantım çelişkiler ağına dönüştü. Hatta, belki de yanıtlar çelişkilerdedir, diye düşünmeye başladım.

Bu mektubu, gazetede, Pazar günü yazıyorum. Ilgım, bugün evinin bahçesinde kitap okuyor ve biliyorum ki bahçede kitap okumaya başladı mı, saatlerce yerinden kıpırdamaz. Pazar günü yazıyorum, çünkü gazetede çok az kişi var ve meraklı gözlerden uzak kalıyorum. Bu mektubu, hemen dağıtım firmasına vereceğim, umarım yarın elinizde olacaktır.

Nasıl yazmam gerektiğini, kafamda çok tartıştım. Notlarımı alırken, önce gün gün yazdım. Size de öyle yazmayı düşünmüştüm, sonra vazgeçtim. Gün gün yazarsam, sanki bir şeylerin büyüsü bozulacaktı. Neyin, diye sormayın. Ben de bilemiyorum.

Gözleri satırlarda ilerlerken gülümsedi, doğru insanı seçtiğinden bir kez daha emin oldu. Bu iş için en doğru adamdı Seçkin. Niye?.. Gülümsedi...

Evet evet, artık Ilgım Halit'le ilgili bilgilerin başına gelmişti, sabırsızlanıyordu. Gözleri görmek için, ruhu bilmek için, kalbi heyecan için...

"Ilgım'la ilgili bir tanım yapabilmem öylesine zor ki. Yalnız bir kadına benziyor ya da içine kapanık, belki de yalnızlığı tercih ediyor, bilemiyorum. Bu hafta içinde, iki kez evinden çıktı. Birinde, kadın arkadaşlarıyla çaya gitti. Diğerinde ise, eşiyle beraber yine o kadınlar ve eşleri Wine House'da akşam yemeğine. Evine hiç kimse gelmedi. Ve onu görebildiğim mekanlar içindeyken de, bir kere telefon konuşması yaptı. Onun dışında, telefonu çok az kullandı. Sadece bir tek kere, çok uzun bir konuşma... Ben bir kadın arkadaşıyla dedikodu yapıyordur diye düşündüm. Tabii ikinci bir şık daha olabilir, belki bir sevgili, ama o pek aklıma yatmadı. Sevgilisi olsa, herhalde sadece haftada bir gün konuşmaz. Gerçi bu tip yorumlar yapmak için henüz erken.

Aslında, bu mektubu yazmaya başladığımda, bir gerçekle yüz yüze geldim: Benim size bilgi vermem gerekirken, tam tersi kafamda sormak istediğim pek çok soru belirdi. Çünkü, kafamdaki parçalar bir türlü yerlerine oturmuyor...

Son derece sıradan, demek isterdim; aslında çok durağan bir haftaydı gözlediğim; kitap okudu, heykel yaptı, televizyon seyretti, bahçesiyle ilgilendi ama!.. İşte en önemli yanıt, 'ama'da saklı. (Bildiğinizi düşündüğüm halde, yine de yazıyorum). Yatak odasında hep çıplak, çırılçıplak camdan bakabiliyor. Teşhir için olduğunu zannetmiyorum, çünkü bir erkek olarak beni bile rahatsız eden bir rahatlığı var. Evinde yalnızken, çamaşır giymiyor. Her gün, ne olursa olsun, banyo yapıyor ve kurulanma şekli oldukça ilginç. Sanki bedeni... Bilemiyorum, daha doğrusu anlamış da değilim. Ama, hareketleri çıplak gördüğüm hiçbir kadına benzemiyor diyebilirim.

Gözlediğim kadarıyla evinden, yaşamından ve eşinden memnun. Huzurlu. Ayrıca, on altı yıllık evlilikten sonra düzenli bir cinsel hayatı var. Yani bence, kadının hayatı özenilecek bir hayat. Hiçbir sıkıntısı yok. Belki biraz fazla sakin, belki de bu sakinlik bu haftaya özeldi, bilemiyorum.

Her şey bu kadar normal gözükürken, benim aklımı karıştıran, onun atölyesindeki haliydi. Orada, sanki başka biri olmuştu, ama şu an size onu da anlatamam. Söylediğim gibi, siz benden bilgi isterken, ben size bir sürü soru çıkardım ama Ilgım'da tanımlayamadığım ve itiraf etmeliyim ki benim de merak ettiğim, adlandıramadığım bir şeyler var."

Evet evet, bu adam iyi bir gözlemci ama... Peki, nedir bu kadında bizlerin adlandıramadığı o tanımsızlık. Ya da neyi var, ya da neyi yok da bizi hep tanımsızlıkla buluşturuyor. Eninde sonunda nasıl olsa anlayacağız, bu iş bir kere başladı artık dönmek yok.

Bu arada, eve temizliğe gelen Nezahat çok meraklı, ama bir o kadar da ağzı sıkı. Sizinle ilgili bilgi almaya çalıştım, 'nuh' dedi 'peygamber' demedi. O size söylemeden, bu bilgiyi ben size vermek istedim.

Yanılmamışlığın verdiği güvenle gülümsedi. Nezahat'e güveneceğini biliyordu. "Nezahat o evde geçen her şeyden beni haberdar ediyor, ama bunu sen bilmiyorsun," diye düşündü.

Bu hafta için benden bu kadar, bir hafta uzun bir zaman gibi geliyor; ama şimdi anlıyorum ki bir insanın her anını gözleseniz bile, tanıyabilmek için çok kısa bir zamanmış. Bu, aslında mesleğimle de ters orantılı bir gerçek ama...
Bunların dışında, öğrenmek istediğiniz ayrıntılar varsa, siz zaten bana ulaşırsınız.

Öğrenmek istediğim daha pek çok ayrıntı var. Hem de senin düşünebileceğinin çok çok daha ötesinde, ama her şeyin zamanı var, seni de ürkütmemem gerektiğini biliyorum. Bu hepimiz için alışılmadık ve tehlikeli bir yolculuk, bunu henüz benden başka bilen de yok.

7

18 Mayıs, Salı

Sabah kapının ziliyle uyanıp apar topar kalktı. Kapıyı açtığında özel bir posta görevlisi, elindeki zarfla ona bakıyordu. Gösterilen yeri imzalayıp mektubu aldı. Saat ona geliyordu ve daha gazeteye bile gitmemişti. Dün gece uyuduğunda yine gece yarısını geçmişti. "Bu kadın neden hiç erken uyumaz ki," diye hayıflandı. Hemen çay koydu ve gazeteyi aradı. "Bugün dışarıda olacağım," dedi sekreter kıza, kızın anlamlı anlamlı sırıtmasını hissettiği için de bozuldu.

Birkaç gün sonra, denizanası da çağırır, "Bir haftadır sesin soluğun çıkmıyor, araştırman ne durumda; anlat bakalım," diye sorardı. Daha ne uyduracağını da bilmiyordu. Bir şeyler düşünmesi, artık kaçınılmaz olmuştu.

Mektup elinde, şöyle bir baktı teleskopla; Ilgım'ın uyuduğundan emindi, ama artık olur olmadık saatlerde teleskopla bakmazsa, içinde bir boşluk hisseder olmuştu. Garip diye düşündü, insanoğlu çok garip...

Mektubun kimden geldiğini biliyordu, ama neden geldiğini merak etmişti. "Demek ki, bu esrarengiz vatandaş, dün mektubumu okuduktan sonra, bana soracak bir şeyler buldu ki, hemen bugün bu mektubu gönderdi. Acaba?.."

Suyun kaynadığını sesinden fark etti, çayını demledi. Pazar günü, gazetedeyken, buzdolabı yine doldurulmuştu onun için. Kendine güzel bir kahvaltı hazırladı, nasıl olsa acelesi yoktu. Önce güzel bir kahvaltı yapacak, mektubu ondan sonra okuyacaktı. Merakın heyecanı ile yaşamayı öğreniyordu, merak insanı canlandırıyordu.

Kahvaltısını yaptıktan sonra salonda, şöminenin karşısındaki koltuğa oturdu. Bu bomboş evde, inatla hep aynı yerlerde oturuyor, kendini aynı yerlerde rahat hissediyordu.

Mektubu açtığında, aynı bildik yazı karakteri çıktı karşısına, mektup uzun da değildi; ağır ağır okudu kendisine seslenen satırları.

Merhaba,

Bugün mektubunuzu aldım, teşekkür ederim, iyi bir çalışma yapmışsınız. Sizden daha fazla ayrıntı istiyorum; ama bu koşullarda bunun zor olacağını biliyorum. Ama, ilerde koşulları değiştireceğimizi umuyorum.

Sizden, bundan sonrası için önemli bir isteğim olacak. Ilgım Halit'le tanışmanız. Çünkü, onunla tanıştığınızda, bana doğru bilgiler verme şansınız artacaktır.

Ilgım Halit'le nasıl tanışacağım, diye sormayın, o sizin becerinize kalmış. Hem mesleğiniz buna çok uygun. Hayal gücünüzü kullanın işte...

Hoppala!!! Dedektiflik, röntgencilik, şimdi de Ilgım Halit'le tanışmamı istiyor. Aslında bunu, ben de istemiyor muyum? Günlerdir bedenini seyrettiğim, nasıl seviştiğini bildiğim bu kadınla konuşmak için, benim de içim gitmiyor mu?

Başına bir ağrı saplandı; düşüncelerinde bir deformasyon başlamıştı sanki ve düşünmek istediği zaman başı ağrır olmuştu. Şimdi kaçmak istiyordu, kaçmak ötelere, sığınmak denize. Küçükkuyu'dan ayrılmasaydı, şimdi bunları yaşamayacaktı. Peki ama pişman mıydı? Hayır, pişman değildi. Ama içinde çalan bir çan sanki onu uyarıyordu? Peki ama niye?

Ilgım, uyandığında öğlen olmuştu. Acele etmezse, kuafördeki randevusuna geç kalacaktı. Hemen fırladı yatağından, oyalanmadan duşunu aldı, keten bir pantolon ve gömlek giyip aşağıya indi.

"Aliye, hemen bir çay koy, yanına da bir tost yap, kuaföre geç kalıyorum," dedi. Kahvaltısını beklerken, gazeteleri gözden geçirdi. Sonra da çayını içip, tostunu yiyerek acele ile çıktı evden.

Kuaföre randevulu gittiği için, fazla beklemedi. Bugün, içinden saçını topuz yaptırmak gelmedi; saçlarına fön çektirdi. Kuaförde, aynı tanıdık yüzler, aynı konuşmalar; isimler farklı, konular hep aynıydı. Belki de, zamanlarını kuaför salonlarında geçiren kadınların, okumama ve düşünmeme alışkanlıkları, konuşmaların beyinlerinde oluşturduğu ağırlıktan başka bir şeye yer kalmamasındandı. Onca insanın özel hayatını ıncık cıncık dillendirmek, Kaf dağını taşımak gibiydi; tabii sorumluluğunu alana, almayan ise zaten...

Aliye, Ilgım'a alıcı gözüyle baktıktan sonra, beğendiğini belli eden bir gülümsemeyle başını salladı.

— Akşam dışarıda olacakmışsınız, Sedat Bey öyle söyledi.

— Evet, ipek takımımı bir kontrol et! Akşam onları giyeceğim, biliyorsun dolapta bile buruşuyor.

— Siyah olanı mı?

— Evet.

Alem kadındı bu Ilgım, giyecekleri söz konusu oldu mu çok huysuzlaşırdı. Çamaşırları yüzde yüz pamuklu olmalı, tenine lastik, dantel hiçbir şey değmemeliydi. Elbiseleri de saf ipek, keten ya da yüzde yüz pamuklu olmalıydı. Kot pantolon giymesine şaşırırdı Aliye. Ona neden bir kulp bulmadığını da anlayamazdı.

Odasında ne giyeceğini düşündü bir süre. En iyisi, hiçbir şey giymemekti tabii... Dolabının önünde boş gözlerle durdu. Bugün buluşacağı arkadaşları, Sedat'la nişanlandıktan sonra girmişlerdi hayatına. Kocasının arkadaşlarının hanımları. Haftada iki gün buluşurlardı; bir gün eşsiz, kadın kadına; bir akşam da eşlerle birlikte. Enerjisi olduğu ya da ruhunu serbest bıraktığı günlerde, onlarla eğlenirdi; ama eğer enerjisi düşük ve ruhuyla yoğunlaşmışsa, tam bir engizisyon işkencesi yaşardı. Çünkü, onlar hayatı yaşamak istemezlerdi. Sartwell'in sözlerini, kaç kere haykırmak istemişti, onların ve onlar gibilerin yüzüne; ama yapmaya da değer bulmamıştı düşününce. Sedat da abartılı bulurdu o sözleri. Oysa ki... "Tüm ahlaki değerler, olması gerekeni anlatır; olanın eksik olduğunu söyler, gerçekliği inkar eder. İhlal ise, yaşamaya 'evet' demektir. Yaşadığımızı, ancak günahlarımızla, suçlarımızla, korkularımızla, acılarımızla anlarız. Dünya, erdem ve güzellik kadar sidik, bok ve nefretle birlikte vardır. Aşk kadar, nefret de hayatın gerçeğidir; olduğu gibi olumlamaya ve sonuna kadar yaşanmaya layıktır" diye tekrar etti, ezbere bildiği bu sözleri. Ama insanlar, sorumluluklarını almaz, kendilerinden kaçarlar ve dünyalarında olmadıklarına inandıkları; sidiklerin, bokların ve nefretin içinde boğulurlardı.

Tıpkı şimdiki gibi, tıpkı...

Ilgım şimdi kendini daha iyi hissetti, artık hazırlanabilirdi. Mavi saten pantolon ve gömleğini giyindi, "urart" kolyesini taktı, aynada kendisine baktı;

hoşnuttu. Gitmeden önce, onu sakinleştirecek hafif bir koku sürdü. Koku onun için çok önemliydi. Ne koktuğu, hangi kokuyu duyduğu, burnundan çok ruhunun sorunuydu. Koku...

Arabasına bindiğinde, "Harika bir gün daha..." diye geçirdi içinden. Bugün, anlamsızlık hapından o da içip kafa bulacaktı. Hem bu hapların beyin hücrelerine zararı yoktu, hem de almak için yeşil reçete gerekmiyordu. Gülümsedi, "Bir psikiyatriste mi görünsem acaba? Anlamsızlık hapından haftada birkaç kere almak beni bağımlı yapar mı sayın psikiyatrist?" Gaza basıp evden uzaklaştı.

Arabadan indiğinde, ruhunu serbest bırakabilmişti. Budakaltının bahçesine girdi. Orada oturan kadınlar artık arkadaşlarıydı. Masaya iyice yaklaştığında, Gülgün hakkında konuştuklarını duydu. Dedikodu çanları çalmaya başlamıştı yine.

Masadakilerin hepsi ile teker teker öpüştükten sonra onun için ayrılmış olan sandalyeye oturdu. Masanın altındaki çimenler öfkelendi bu işe, diğerleri yetmezmiş gibi, iki sivri topuk daha ezecekti şimdi onları. Ilgım'ın da burnu eziliyordu. Kadınların parfümlerinden, bir balyoz girmişti sanki burnunun içine ve oradaki hücreleri, dokuları, kemikleri sızlıyordu. Parfüm sürmeleri iyi hoştu da, neden bu kadar fazla? Tenlerinin kokusundan mı nefret ediyorlardı, yoksa tenlerinin kokusundan habersiz oldukları için, onu yok ettiklerinin farkında mı değillerdi? Beyninde seksek oynamaya başlayan düşüncelerini durdurdu. Gülgün konuşuluyordu. Kocası öldükten iki sene sonra, elli yaşında, sevgilisi ile birlikte yaşadığı için eleştirilen Gülgün. Masadakilere tek tek baktı Ilgım. Hepsinin gözünde aynı sahte bakış: Nefret, özlem, özen ve yargılama. "İyi yapıyor Gülgün," demek istedi, "Hem son günlerde hayat dolu ve mutlu, niye anlamak istemiyorsunuz?" Ama sustu. "Bak, bugün de gelmedi" dedi Dilek. Ağzındaki alaycı gülümsemesi ile gözlerinin içinde, tam gözbebeğinin ortasında parlayan nefret ve çökmüş omuzları, aslında söylediği kelimelerden daha fazlasını ve gerçeğini anlatırken... "Eee şekerim biz ona onaylamadığımızı söyledik, üstelik adam ondan altı yaş da küçük. Bir de hiç utanmadan, 'Ne olur küçükse, rahmetli kocam benden on yaş büyüktü, ama hiç de parlak bir cinsel hayatımız yoktu,' demez mi; tabii ben de soramadım 'farkı ne' diye, 'o da erkek, bu da" diyen Sema sürdürdü konuşmayı. Gülgün'ü aslında korumaya çalıştığını anlatırken, ağzının seğirmesi, gözlerinin kenarlarında çakan kıskançlık şimşekleri ve bedenini saklamak için yaptığı abartılı el kol hareketleri ile o da söylemek istediklerinden bambaşka şeyleri dile getiriyordu. Belki de dile getiremedikleri sözleri, bedenleri ve gözleri anlatırken...

Kadınların ne olduklarını ya da ne olmadıklarını tüm çıplaklığıyla ortaya döken bir tek organları vardı: Gözleri... Ve kadınların gözlerini anlamaya başlayınca, sözcükler öylesine sahteleşiyor, yalancılaşıyordu ki... Belki de mazbutluk ve erdem, yaşanmamışlığın acısını örten bir kılıftı. Kim bilebilirdi ki?

Kim? Emperyalist topuklar tarafından ezilen çimenler ve işbirlikçi sandalyelerin vurdumduymaz oturuşları...

Ilgım, beynindeki seksek oyununun başlamasından korktu. Aslında, bugün kendisi burada olmasa hiç çekinmeden onu da konuşurlardı. Ya da bugün burada olan, ama bir dahaki toplantıya gelemeyen bir başkası da, o günün konusu olabilirdi. Bu oyunun kurallarından biri de buydu belki. Konuşmak lazım, çünkü onlar da senin hakkında ilk fırsatta konuşacaklar nasıl olsa...

"Aman, bırakın artık şu Gülgün konusunu, yaşayınca görecek nasıl olsa hanyayı Konya'yı." Aylin'in bu sözleri kapattı konuyu. Ağzındaki öfkenin gerginliği, gözlerinde ise ya başarırsa korkusu ve her sene ameliyatla inceltttiği bedenine inat kurumuş teni; Gülgün'ün mutlu olmasından korkuyordu. Ya onlara rağmen mutlu olursa? Bütün bunları dinlerken, onayladığını belirten Emel'in gülümseyişindeki acı, gözlerinde parlayan özlem. Kadınlar... Yargılayan, tuzaklar kuran, aşağılayan. Kadınlar...

Korumaya bile çekindi Gülgün'ü. Çünkü Ilgım ne zaman bir kadını koruduysa ya da ona iyilik yaptıysa, bir süre sonra o kadının en büyük düşmanı olduğunu görmüştü ve artık kimseyi korumak istemiyordu.

İsimler isimleri, konular konuları; kadınlar da kahvelerini, pastalarını, çaylarını, sigaralarını tüketiyorlar, selülitlerini zenginleştiriyorlardı... Ilgım, kendini yabancı hissetmeyişine şaşırdı. Bunca kınadığı şeylere sessiz de kalsa nasıl ortak olabildiğini anlayamadı. Ama, ne de olsa... "Bioterm" selülit kremleri artık sadece "freeshop"larda değil, eczanelerde de satılıyordu.

Önce, Aylin kalktı masadan; incecik vücudu nefes alamadığı için kuruyan dallara dönmüştü, dik göğüsleri, sarkmış poposu; şık bir kadın gibi gözükse de, aslında... Masanın altındaki çimenler derin bir "ohh" çekti; iki topuk azalmıştı. Sonra Demet; bedenini zor taşırmış gibi duruşu, yürürken ayaklarını sürükleyişi, bakımlardan parlamış cildi, dik durmayan bedeni ve havalı bir kadın gibi gözükse de, aslında... Demet'ten sonra Sema kalktı; uzun kızıl saçlarını ortaya serişinin tersine, bedenini gizleyişi. Yüzünü ortaya çıkarttığını düşünürken, onu yok eden abartılı makyajı; frapan bir kadın gibi gözükse de, aslında... Ve en son giden Dilek; uzun boyu, son moda mini eteği, ceketinden görünen büstiyeri ile poposunu kaydırarak oturuşu; seksi bir kadın gibi gözükse de, aslında... "Tıpkı bu masa ve sandalyeler gibiler, gibiyiz," diye düşündü Ilgım. "Birileri bizi beğensin, etkilensin, hatta kullansın diye var olmaya çalışıyoruz. En çok tercih edilen, en gösterişli olanlar olduğuna göre, bizler de tercih edilmek ya da fark edilmek için, en, en, en olmak zorundayız, ben değil ama en!!!!" Masa ve sandalyeler ise, hiç özenmediler kadın olmaya. Sadece, "ohh" çektiler kadınlardan kurtulduklarına.

Arabalarına doğru ayrı ayrı giderlerken, düşüncelerinde birbirlerini yargılamayı da ihmal etmediler. Başkalarını yargılayarak kendilerini akladılar, onlara eşlik eden sessizliği lekelediler. Artık, bir an önce gidecekleri yerlere varıp seslere geri dönmeliydiler.

Ne çok nefret vardı içinde, ne çok nefret biriktirmişti. İnsanların, sevgi dedikleri o soyut sözcüğün kirletildiğini, kime söyleyebilirdi? Sevgi, şimdilerde insanların yalnızlıklarının kesişme noktasından öte bir hiçti. Benim yalnızlığım, seninkiyle buluştuğu an onu yadsıyabiliyorum, buna da sevgi diyorum. Kimse bunun farkına varmak istemiyordu, kimse dile getirmiyordu. Sevgi, derinlerde bir yerlerde keşfedilmeyi bekliyordu. Tabii insanların dillerine pelesenk ettikleri anlamıyla değil. Sanki...

Düşüncelerinden rahatsız oldu. Bu konulara dokunmamalıydı. Bilincinin bu kısmı bir anafordu ve ona kapılırsa hiç acımadan her şeyi yuttuğunu, yıktığını öğrenmişti; ama bu anafor onun hayatındaki vazgeçilmez heyecan değil miydi? Bilincinde onu bekleyen, her an ona kucak açan...

Aliye'nin ne zamandır onu seyrettiğini bilmiyordu, ama anlaşılan, yüz ifadesini beğenmemişti.

— Siyah ipek elbiseni hazırladım, ama pek iyi gözükmüyorsun.

— Yok bir şey, biraz başım ağrıyor.

— Hem başım ağrıyor diyorsun, hem içki içiyorsun, oldu mu ya.

— Biraz rahatlamak istedim.

— Bence, fazla düşüncelere dalma. "Kadın kısmı çok düşünürse, düşünce kuyusunda boğulur," derdi rahmetli babam. Şimdi ona hak veriyorum. Düşün düşün boktur işin.

Aliye'nin sözlerine gülümsedi. Hayatı, onun gibi kabul etmeye, şikayet etmemeye, düşünmemeye ve hayatın anlamını basitçe özetlemeye çok, ama çok özeniyordu. Yaşlı, hiç evlenmemiş, hayatını başkalarının hizmetinde tüketmiş Aliye'yi arkadaşlarına tercih ediyordu çoğu zaman, hem de...

Salona döndüğünde, Sedat onu bekliyordu. Ilgım her zamanki gibi göz kamaştırıcı ve Sedat'ın karışı...

— Üstünü değiştirecek misin?

— Hayır canım, hemen çıkalım.

Ilgım, sırtına etol bir kürk attı. Sedat, karısına yan gözle baktı.

— Çok inatçısın, inatla bu taklitleri giyiyorsun.

— Gidiyor muyuz?

Arabaya bindiklerinde konu kapanmıştı.

— Bugün neler yaptın?

— Dileklerle buluştum.

— Hafta sonu bize gelecekler mi?

— Belli değil. Gülgün'le henüz konuşmadım.

— Gülgün bugün yok muydu?

— Hayır, gelmedi.

— Hâlâ o adamla mı?

— Evet.

— Garip.

— Neden?

— Bu yaştan sonra...

— Cemal altmış yaşındayken, kırk yaşında bir kadınla evlenmemiş miydi?

— Canım, o başka.

— Nesi başka?

— Senin bugün canın mı sıkkın?

— Hayır, ama insanlann Gülgün'e ağız burun kıvırmasından bıktım artık. Çok da iyi yapıyor!..

Mest Restoran'a ilk onlar gelmişti. Masanın sağ tarafındaki sandalyelere oturdular. Masanın başındaki sandalyeyi Sedat "Bakan Bey'e" ayırmıştı. Ilgım, boş masaya şöyle bir baktı, anlaşılan bu geceki yemek kalabalık olacaktı. On altı kişilik hazırlanmıştı masa.

Yavaş yavaş herkes geldi ve yüzleri sesler örttü. Sanki içlerinde kalırsa boğulacaklarmış gibi kelimeler, hep bir ağızdan sessizliği karmaşaya dönüştürdü. Birbirine eklenen heceler, bitimsiz bir karayılana dönüşürken; insanlar yemekleri değil, karayılan insanları yutuyor, öğütmeden tekrar kusuyordu. Masanın başköşesindeki bakan ilgi odağı idi, herkes ona bir şeyler söylemeye, biraz da kendini göstermeye çalışıyordu. Masanın hakimi erkeklerdi, bu gece erkeklerin gecesiydi. Yanlarındaki hanımları ise, daha çok geceyi tamamlayan aksesuarlar gibiydiler. Fazla konuşmayan, kahkaha atmayan, aşırı hareketleri olmayan, uslu çocuklar gibi...

Ilgım, kahkahalarla gülmek, "motor stop" diye bağırmak istedi. "Tamam, çekim bitti! Şimdi rahatlayın ve gerçek kimliklerinize dönün. Motor stop, duymuyor musunuz?" Kimse duymazdı. Duysalar da, büyük olasılıkla, "Ne diyor bu kadın?" derlerdi, çünkü onların gerçek kimlikleri...

Kenan'a baktı önce. Sedat'ın üniversiteden sınıf arkadaşı. Politikaya girmeden önce, bir kimliği vardı. Hatırlıyordu. Nazik, esprili, açık sözlü, hatta Sedat eleştirirdi onu, "Azıcık sus, doğrucu Davut olmak zorunda mısın?" diye. Ama, sonra politika girdi kanına ve eski kanı yenisiyle ağır ağır değiştirildi, kendisi bile farkına varmadan; mesafeli, maskeli, doğruları söylemeyen birisi oldu. Ruhuyla beraber, sanki bedeni de değişmişti, o spor giyinişli geniş omuzlu, göbeksiz, yakışıklı Kenan'ın bedeni; şimdi göbekli, saçları yandan taranmış, spor kıyafetlerin yerini alan takım elbiselerin içine giydiği garip renkli kravatları ve Sedat'la bile konuşurken temkinli sözcükleri... Eşinden de politika yüzünden boşanmıştı. Ilgım, ayrıldığı eşiyle hâlâ görüşürdü. Boşanmadan önce, ne çok ağlamıştı kadıncağız. "Onu tanıyamıyorum artık, arkalarından pezevenk diye bağırdığı insanların yüzüne, sizinle biz aynı gemideyiz, diyebilen bu adam benim kocam olamaz," diye anlatmıştı. Boşanmak istediğini söylediğinde de, adamın tepkisi, "Bunu bana yapamazsın, siyasi kariyerim var," olunca, kadın eşyalarını toplayıp o gece milletvekili lojmanlarını terk etmişti.

Tuhaftı bu erkeklerin güç tutkusu. Ya Sedat'ın karşısındaki iş adamı... Ben markayım diye bağıran takım elbisesi, kısacık boyu, göbeği, gözlüklerinin arkasındaki her şeyi bilirim bakışı. Sadece adından bile etkilenirdi insanlar. Ilgım, onunla beraber Amerika'ya uçtuğunda, yanında Sedat olmadan, onun arkadaşlarıyla seyahat etmeye de tövbe etmişti.. Adamın "first class"ta yapmadığı rezalet kalmamıştı. O zaman hosteslerin işlerinin de ne kadar zor olduğunu anlamıştı Ilgım. Büyük büyük adamlar, iki kadeh içki ve birkaç güzel kadın görünce, küçük küçük solucanlara dönüşüyorlardı. Şimdi ise, karısının yanında saygılı, namuslu ve saygın...

Ilgım, masadakileri daha fazla incelemek istemedi, bu ameliyat gibiydi: Açtıkça ortaya çıkan kan ve bağırsaklar, alışık olmayanların midesini bulandırırdı. Saatine baktı. Zaman sıkılmış, takılıp kalmıştı.

Eve döndüklerinde, Ilgım taş taşımış kadar yorgun hissetti kendini. Kocası hayatından memnundu. Hazine ve Dış Ticaret Müsteşarlığından Sorumlu Devlet Bakanının katılacağı, yeni bir iş ortaklığı söz konusuydu. Tabii bakan bey gizli ortak olacaktı.

— Hem işlerinin yoğunluğundan bıktığını söylüyorsun, hem de yeni iş bağlantılarına giriyorsun.

— Başarı uyuşturucu gibidir, alışınca hep daha fazlasını istersin.

— Daha neyin fazlasını istiyorsun, anlamıyorum.

— Boş ver, ben de böyle mutlu oluyorum.

— O zaman söylenme.

— Yazın Maldiv Adaları'na gidelim mi?

— Harika olur.

Maldiv Adaları'nda yaz tatili... Bildik insanlardan uzak; deniz, kum, müzik... Tatili, en çok da uzaklaşmanın umarsızlığını özledi. Böyle bir gecenin sonunda, değil Maldiv Adaları, Antarktika'ya gitmek bile harika gelebilirdi. Yeter ki, gitmek olsun...

Sedat'ın bedeninde dolaşan elleri susturdu düşüncelerini. Tenine dokunan... Dokunmak!!! Ne kadar farklı anlamlar içeren bir kelimeydi dokunmak. Ilgım'ın mermerde dolaşan elleri, Ilgım'ın kendi teninde dolaşan elleri, Sedat'ın, Ilgım'ın bedeninde dolaşan elleri ve dışarıdan bakan bir gözün yapacağı tanım, "dokunmak." Oysa ki, tenin teni hissetmesi başka, tenin teni tanıması başka, tenin teni anlaması başka, tenin tende kendini tanımlaması başka, tenin tende kaybolması başka, tenin tende var olması ise bambaşka duyumsamalardı. Dokundu, peki ama nasıl? Dokundum, peki ama nasıl?

"Peki ama nasıl?" diye düşünürken, Sedat'ın dudaklarını dudaklarında hissetti. Düşüncelerine öylesine kaptırmış ki, kocasının soyunduğunu bile fark etmemişti. Tenlerde dolaşan eller, öpüşen dudaklar, buluşan bedenler, birbirlerinin içinde hareket eden organlar, hızlanan soluklar, boşalan sıvılar ve rahatlamanın yok olmuşluğunda kayboluşlar. "Ne acı," diye düşündü, "Hazda var olmak yerine, hep rahatlamanın yok oluşuna çabalamak."

Sedat, yataktan duş almak için kalktığında, yine düşüncelerine dalmıştı. "Yıllardır yaşadıklarımızın bir tekrarı daha. Evet orgazm oluyorum, evet zevk alıyorum, ama haz değil. Tenlerimiz, ellerimiz buluşsa da bedenimdeki dokunulmamışlık acısı. Peki ama bunu nasıl anlatabilirim ya da bunu nasıl öğretebilirim? Dokunmak!.. Ve dokunduğunu sanırken, aslında hiç dokunamamış olmak..."

Seçkin teleskopun başından ayrıldığında, bedeni de ruhu da yorgun düşmüştü. Her şey iyi hoştu, ama bu sahneleri izlemek onu hırpalıyordu. Hem hırpalanıyor, hem zevk alıyor, hem görmek istemiyor, hem de sonuna kadar görmek istiyordu.

Seçkin'in sabahki röntgen, MR, ultrason seansında, Ilgım uyanmış ve hiç oyalanmadan giyinip, evden çıkmıştı. Onun evden çıktığını görünce, bir süre ne yapacağını bilememişti. Günlerdir evinden çıkmayınca, işini teleskopla özdeşleştirdiğini fark etmişti. Ilgım'ı yakalaması için apar topar evden çıkması gerekti.

Sokağa çıktığında, Ilgım da arabasını garajdan çıkartmıştı. Araba sokağın sonuna ulaşırken Seçkin de taksi ile onun peşine düşmüştü bile. Ilgım, Çankaya'da bir binanın park yerine arabasını bırakınca, rastlantının böylesine gülmüştü, burası Damla'nın gittiği güzellik salonuydu. Salonun biraz ilerisinde taksiden indi. Sokaktaki evlerin çoğu işyeri haline getirilmişti, ne bir kafe vardı oturabileceği, ne bir pastane, ne de bir kahvehane. Ne kadar süre bekleyeceğini bilemiyordu ya da beklemesi gerekiyor muydu? Damla'yı birkaç kez buradan almıştı, ama o ne zaman gelmesi gerektiğini söylerdi. Peki, ama şimdi ne yapacaktı?

İçerideki salonda, yan yana oturan Damla ve Ilgım canlandı zihninde. Damla'nın saçları kuaförün elinde, yavaş yavaş yılanlara dönüşürken, yüzündeki maske düşüyor ve yavaş yavaş Medusa'ya dönüşüyordu. Onu seyreden Ilgım, korkuyla ona bakarken, Medusa'nın saçları Ilgım'ın saçlarına karışıyor... Seçkin, kulağının dibinde çalan düdük sesiyle yerinde sıçradı ve imgelemindeki filmi durdurdu. Rahatsız olmuştu. Evet, ama o burada beklerken ya Damla da gelirse ne yapardı, sanki onu bekliyormuş gibi. Sokağın bir tarafı ana caddeye diğer tarafı ise dar bir arka sokağa çıkıyordu. Yani Ilgım buradan çıkmak için ana caddeye dönmek zorundaydı. Seçkin bunları düşünürken, caddeden karşıya geçti.

Bu caddeyi yazın ağaçlar yemyeşilken değil, tam tersi kışın ağaçların yaprakları dökülmüşken ve kar yağarken ya da kardan bembeyaz olmuşken seyretmeyi çok severdi. Damla ile ne çok yürümüşlerdi bu kocaman caddede. Kaldırımdaki taşlar konuşabilseydi, anlatırdı onların bıraktıkları izleri. Moralleri bozukken sürüklerlerdi ayaklarını, kavga ederlerken sert, mutluyken ise hiç incitmeden basarlardı. Yerdeki büyük kare taşlar ezilmekten, bakımsızlıktan, pislikten kararmış: Bir, iki, üç, dört... Yirmiye geldiğinde, vaktin böyle geçmeyeceğine karar verdi. Köşedeki apartmanın duvarına oturup bir sigara yaktı. Ve bekledi. Bekledi. Ilgım'ın arabasını gördüğünde, yüz on dakikasını bu duvarın üstünde geçirmişti. Aşağıya doğru, dört yüz seksen araba geçmişti. Tam on yedi tane okulu asan öğrenci, yukarı doğru yürümüştü.

Ilgım, berberden sonra eve gelmiş, üzerini değiştirip Budakaltı'na gitmişti. Tabii Seçkin de onun arkasından, ama bahçede yer olmadığından, barda oturmuştu. Ilgım'ın buluştuğu kadınlar, Vakko'nun defilesinde de yanında olanlardı. Yaşları kırk civarındaydı. Her hallerinden maddi durumlarının iyi olduğu belli olan bakımlı, hoş kadınlar. Onları uzaktan izlerken, "Ilgım ne kadar uyumlu," diye düşünmüştü. Günlerdir evinde kendi halinde olan o değilmiş gibi, şimdi burada bu kadınlarla neşe içinde gülüşüyordu. Sanki doğal olmayan ya da çok doğal olan bir şey varmış gibi...

Ilgım oradan çıkınca, evinde üzerini değiştirmiş ve akşam Sedat'la beraber, Mest Restoran'a gitmişlerdi. Onların Mest'e girdiğinden emin olduktan sonra, o da Rıfat'ı arayıp yemeğe davet etmişti. Rıfat lokantanın adını duyunca, "Emin misin oğlum?" diye birkaç kez sormuş ve yarım saat dolmadan da gelmişti lokantaya. Seçkin, Ilgımlar'ın masasını görebileceği, ama kendisinin dikkat çekmeyeceği, köşede kalmış iki kişilik bir masa seçmişti. Gazeteci kimliği, bazen işleri kolaylaştırıyordu. Rıfat geldiğinde, Sedat ve Ilgım Halit'i de orada görünce, gece boyunca sıkıştırmıştı Seçkin'i.

— Bu da bir tesadüf herhalde?

— Hayır, araştırmamla ilgili!..

— İş adamlarının başarıları falan gibi bir şeyler söylemiştin.

— Dinlememişsin bile.

— Ben seni bilirim de, onun için.

— Canım iş adamını araştırırken, eşini de araştırmak gerekmez mi?

Yemek boyunca, Ilgım masadaki herkesle ilgilenmiş, kahkahalar atmış ve yemeğin ilgi odağı olmuştu. Bunu hiç abartıya kaçmadan, nasıl yapabildiğini anlayamamıştı Seçkin. İnsanlarla konuşurken, gözlerinin içine bakıyor, kahkaha atarken, gözleri de kahkahasına eşlik ediyordu. Bardağı tutuşu, bardaktan şarap içişi, duruşu insanı ona bakmaya mahkûm ediyordu. Evdeki o sessiz kadın, bambaşka bir kadın olmuştu, ama bu farkı anlatacak abartılı bir tek hareketi bile yoktu.

20 Mayıs, Perşembe

Seçkin, erkenden uyandı, geceyi huzursuz geçirmişti. "Bir kadın bulsam iyi olacak," diye düşündü. Çayını demleyip kahvaltısını yaptıktan sonra gazeteye gitti. Odasına, kuş seslerine, her şeye yabancı hissetti kendini. Sanki yıllardır bu oda onun değildi de... Mektuplarına bakmadı, bilgisayarını açmadı, kahve bile istemedi. Temsilcinin sekreterini arayıp, gelince kendisine haber vermesini söyledi.

Ilgım'la röportaj yapmaya karar verdi. Böylece tanışabilecekti. Ama, ya tanıştıktan sonra Ilgım'la sokakta karşılaşırsa? Evet, belki de röportajın bir yerinde, size komşu oturuyorum diye söylemeliydi. Bunun sakıncası olabilir miydi? Karşısındaki apartmanda kimlerin oturduğu ile ilgilenen kadınlara benzemiyordu. Peki ama, beni tutan kocası ise ve o daire de onlarınsa? Ama, herhalde beni uyarırdı, oturduğun daireden bahsetme, diye. Mektuplarda öyle bir uyarı yoktu. "Denizanasına da, yapmayı düşündüğüm röportajı ve Sedat Halit'i araştırdığımı söylerim, hem dün akşamki yemeğe katılanların da isimlerini veririm; bir araştırsınlar bakalım, sıradan bir yemek mi, yoksa yeni iş bağlantıları..."

Telefonun sesiyle yine irkildi. Denizanası odasına gelmişti. Seçkin, hemen temsilcinin yanına girdi, onun konuşmasına fırsat vermeden, düşündüklerini söyledi. Duydukları temsilcinin de hoşuna gitti ki, zıtlaşmadığı gibi, "İyi gidiyorsun, devam et," dedi. Özellikle dün geceki yemeğe katılan isimler ilgilendirmişti onu, belki buradan iyi bir haber yakalayabilirlerdi.

Seçkin'in tavrı, temsilcinin dikkatini çekmişti. Ona her zamanki rahatsız bakışları ile bakmadı, aksine pek ılımlıydı. Galiba bu araştırma işi onu sakinleştirmişti. Gülümsedi kendi kendine. Haber, kadın gibidir, kanına girdi mi, her şeyini değiştirebilir.

Seçkin odasına girdiği gibi çıktı, Ilgım'ın güne başlama saati yaklaşmaktaydı.

Ilgım, Aliye'nin heyecanlı sesiyle gözlerini açtı.

— Hemen kalkman lazım, aşağıda seni bekleyen biri var.

— Sabah sabah kim geldi?

— Hemen gelsen çok iyi olur!..

Aliye, başka bir şey sormasına veya söylemesine izin vermeden hemen çıktı odadan. Ilgım sinirlendi. "Sabah sabah, deli midir nedir?" Gerçi, Aliye hiç böyle davranmazdı. Anlayamadı. Uflayarak kalktı yataktan, gerinmeyi de ihmal etmedi. "Madem habersiz gelmiş, azıcık beklesin," diyerek duşunu da aldı ve bol elbiselerinden birini giyerek aşağıya indi.

Salona girdiğinde, şaşkınlığından durakaldı. Ender kollarını açmış, ona bakıyordu. Gözleri onu yanıltmıyordu değil mi, karşısında duran Ender'di. Evet, Ender ona gülümsüyordu. Çocuk gibi kendine uzanan kollara atladı.

— Ne zaman geldin?

— Bugün. Havaalanından Sedat aldırttı. Haftaya Çarşamba sergim var da.

— Sedat mı aldırttı?

— Evet!

— Ve bana hiçbir şey söylemedi.

— O bir profesyonel.

— Ya sergi? Haftaya Çarşamba mı?

— Evet.

— Peki, benim nasıl haberim olmadı?

— Benden duyman için, herkesi örgütlemiştik.

— Yani benim dışımda herkes biliyordu!..

— Evet.

— Sizi öldürebilirim! Bunu bana nasıl yaptınız?

— Büyük bir keyifle.

Ilgım tekrar sarıldı Ender'e.

— Kahvaltı ettin mi?

— Tabii ki, hayır.

— Ne kadar kalacaksın?

— On gün.

Birbirlerine bakıp gülümsediler. Sanki konuştukları zaman, aralarındaki o bağ ve özlem ya da kavuşmanın verdiği mutluluk azalıyormuş gibi. Sessizliği, Aliye'nin sesi bozdu. "Kahvaltınızı nerede istersiniz?"

"Mutfakta tabii," dedi Ender. "Hâlâ oyunlarına devam ediyorsun anlaşılan, masada duran şamdanlarına bakılırsa, Sedat da sonunda teslim oldu prensesimize, öyle mi?"

Ilgım'ın gözlerindeki mutluluğun üzerine durgunluk çöktü birden.

— Hemen mi uğraşmaya başlıyorsun?

— Tabii, gerçi bunca yıldır bir arpa boyu yol alamadık, ama ne yapalım, bir kere başımızın belası olarak bağrımıza bastık!

— Ender!!!!

Kahvaltı boyunca, Ender'i adeta sorguya çekti. Onu öyle çok özlemişti ki. Onunla kavga etmek bile öylesine kıymetliydi ki.

— Hava güzel, istersen kahvelerimizi bahçede içelim.

— Hay hay, hem sonra atölyene bakarız. Yine öyle dağınık mı?

— Evet.

— Alacağım cevabı bildiğimden sormaya korkuyordum, ama hani bir umut.

— Ender!!!

Ilgım'ın içi içine sığmıyordu. Kahvelerini içtikten sonra, atölyeye girdiler.

— Göz dolduran bir şey göremiyorum.

— Görmen gerekiyor mu?

— Tabiat ana yarattıklarını yarım bırakmaz.

Ender, kendinden emin yürüyüşü ve dimdik duruşuyla, tüm atölyeyi dolaştı. Raflardaki yarım kalan heykelleri tek tek inceledi, bazılarına dokundu ve yeşil gözlerinde onaylamadığını belirten bakışı ile süzdü.

— Raflar toz içinde, bir; heykellerinin çoğunu yarım bırakmışsın, iki; şurdaki Pan nereden çıktı, üç.

— Pan ile aramda özel bir bağ var.

— Bunu bana yirmili yaşlarında söylemiştin ve o zaman ilginç gelmişti, ama kırklı yaşlarında yine aynı sözleri duymak hiç ilginç değil. Hem geçen geldiğimde, kadın erkek bedenleri yapıyordun, neden vazgeçtin?

— Ender, bilip bilmeden konuşuyorsun. Yıllardır bir tane bile Pan heykeli yapmadım, ama geçen ay seninle konuştuktan sonra akademi günlerimiz geldi aklıma ve bu heykeli yapmak için büyük bir istek duydum. Ayrıca, kadın ve erkek bedenleri yapmaya devam ediyorum, zaten başka da bir şey yaptığım yok.

Ender, yarım bırakılmış erkek heykelini köşeden alıp masanın üstüne koydu. Bakışlarından, beğendiği belli oluyordu.

— Buna devam et, bırak şu Pan'ı.

— Bana modellik yaparsan bitiririm.

— Hiç değişmeyecek misin?

— Değişmemi istemezsin ki.

Bu defa Ender sarıldı Ilgım'a, ikisi de duygularını en rahat dokunarak anlattıkları için, beraber oldukları zaman sık sık sarılırlar, el ele tutuşurlar, birbirlerine dokunurlar ve bunu da doğal kabul ederlerdi.

— Yolculuk ve saat farkından sersem gibiyim, bugün dinlenmek istiyorum.

— Tamam, Aliye'ye söylerim hemen odanı hazırlar, belki biraz uyursun...

— Sen de otur, çalış, tembelleşmişsin.

— Bugün çalışamam, yarın sen bana modellik yapınca...

Ender odasına çıktıktan sonra, Ilgım tekrar bahçeye indi. Sanki Ender ona yaşama sevinci getirmişti, belki biraz da geçmişe özlem, ama...

Belçika'ya gittikten sonra, nasıl da değişmişti hayatı, hayata bakışı. Tüm soruların yanıtlarını bulduğuna inanırken, tüm insanların iyi niyetli olduğuna, sevginin tüm sorunları çözeceğine ve aşkın sonsuzluğuna... İnançları birer birer yıkılmış, hep ölmeyi düşlemişti, başka bir dünyada var olabilmek için bu dünyayı terk etmeyi.

Oysa ki, Ender çektiği onca acıya rağmen, onun gibi vazgeçmemiş hep direnmiş, mücadele etmiş ve sonunda da kendini olduğu gibi kabul ettirmişti. Bunu yaparken, hiç bağırmamıştı "ben buyum" diye, sadece kendini korumayı bilmişti. Uzun boyu, yeşil gözleri, sivri dili, renkli gömlekleri, sıradışı heykelleri ve yaşantısı hiç değişmemiş, hepsine sahip çıkmıştı, hepsini korumuştu. Şimdi bile, baktığında karşısında orta yaşlı bir adam yerine, yakışıklı bir delikanlı görüyordu. Kadınları büyüleyen, ama büyülenmeyen...

"Ilgım, insanlara özel hayatını anlatma; seni anlayamazlar, sonra bütün o anlattıklarını çarpıtarak kullanırlar" diye az mı dil dökmüştü.

— Ender biliyor musun, dün gece?..

— Dur önce bir nefes al. Bu ne heyecan?

— Olanları anlatınca bana hak vereceksin...

— Yine ne yaptın?

— Biliyorsun ki, dün akşam Peter'le beraberdim.

— İyi de sen, genellikle Peter'lesin zaten.

— Evet, ama dün gece çok özeldi.

— Evlenme mi teklif etti?

— Tabii ki hayır, ama...

— Ilgım, anlatsana, bilmece çözecek halim yok.

— Dün akşam akademinin köşesindeki İtalyan restoranında güzel bir yemek yedik, yanında şarap içtik, sonra onun dairesine gidip müzik dinledik ve dans ettik, derken beni okşamaya başladı, ben'de engel olmadım ve sonunda...

— Onunla yattın.

— Hiç romantik değilsin.

— Ne demem gerekiyordu, aferin çok iyi ettin mi?

— Evet ama, ondan çok hoşlanıyorum.

— Hoşlanıyorsun, ama sevmiyorsun.

— Ne var bunda, hem bakireliğin modası çoktan geçti.

— Ben sana başka bir şey anlatmaya çalışıyorum. Bakire olup olmaman umurumda değil, ama bunu yapmış olmak için yapmandan ve sonra pişmanlık duymandan korkuyorum. Sen farklı bir kültürde büyüdün. Kendi ülkene döndüğünde pişmanlıklar ve acılar yaşamanı istemem.

— Üfff Ender. Beni deli ediyorsun. Peter'den hoşlandım ve yattım. Evet, merak ediyordum. Evet, buradaki kızları dinledikçe onlara özeniyordum. Yirmi yaşında bir erkekle beraber oldum, ne var bunda, Türkiye'ye dönünce de hiçbir şey olmaz. Cinselliği yaşamak, erkekler kadar benim de hakkım. Hiç anlamıyorsun değil mi?

— Asıl sen anlamıyorsun.

— Bana iyi bak, şu anda karşında bir kadın duruyor.

— Kadın olmak bir zarın yırtılmasıyla olsaydı...

— Ne demek şimdi bu?

— Yaşa ve gör.

— Ender, hayatımın en önemli olayını seninle paylaşmaya çalışıyorum, sense...

— Aman ne önemli, altı üstü bir adamla yatmışsın.

— Bizim yaptığımıza yatmak denmez, biz aşk yaptık.

— Ilgım, çocuksun, biliyor musun?

— Büyüğe bak sen!.. Aslında söylendiği gibi bulutların üstünde gezmedim, üstelik canım da yandı.

— Zamanla bulutların üzerinde gezmeyi öğrenirsin, endişelenme. Ama lütfen, bu yediğin haltı marifetmiş gibi herkese anlatma.

— Kızların hepsi anlatıyor.

— Sen bilirsin.

O gün, akademinin bahçesindeki bu konuşmadan

sonra, hayatındaki her şey setlerini yıkan sular gibi akıp gitmişti. Sevgi adına, hem de bir arpa kadar sevgi hissetmek için bedenini kullanmış ve o sevgiyi hiç bulamamıştı. O, bedenine dokunan ellerde şefkat ararken, hep şehvetle karşılaşmış, sonra da bunlarla yüzleşmemek adına esrarı sokmuştu hayatına ve en yakınındaki dostları ona destekmiş gibi, onu anlıyormuş gibi yaparak yargılamışlar, aşağılamışlar belki de kendilerine olan nefretlerini ona kusmuşlardı, hem de tam hayatını düzene sokmaya çalıştığı zamanlarda. Sedat'la evlenmemesi için bile ne tuzaklar kurmuşlar, Sedat'a ne yalanlar anlatmışlardı; sanki kendileri sütten çıkmış ak kaşıkmışçasına. En çok da kadınlar... Daha doğrusu, kadın gibi gözüken, ama aslında kadın olamayanlar...

Ilgım düşüncelere daldıkça, bedeninde dalga dalga öfke yükseliyordu, daha fazla hatırlamak istemedi. "En iyisi, akşam Ender'e güzel bir ziyafet hazırlamak. Hem o şimdi Türk yemeklerini de özlemiştir."

Akşam Sedat geldiğinde sofra hazırlanmış, Ender de uyanmıştı. Sedat'a "Hain" diye naz yaptı ama aslında bu sürpriz hoşuna gitmişti. Onu şaşırtmak için bu kadar uğraşmaları...

Yemeğe oturduklarında Ender, "Şamdanları yakmamışsın, utanma, ben yabancı sayılmam," diye takıldı. Masada mumlar vardı, ama bunlar başkaydı. Yemek boyunca Ender Kanada'dan ve sergilerinden bahsetti, biraz da Sedat'ın işlerinden konuştular. Salonda kahvelerini içtikten sonra da erkenden odalarına çekildiler.

— Ender'e bakarken gözlerinin içi parlıyor.
— Biliyorum.
— Bu ilişkiyi bazen kıskanıyorum.
— Alışman zaman almıştı zaten.
— İyi de kızım, ikinizin hakkındaki söylentiler de ayyuka çıkmıştı.
— Şimdi de söyleniyor.
— Ama, artık ben gerçeği biliyorum.
— Uçağın yarın kaçta?
— Sabah altıda.
— Bir ay mı kalacaksın Londra'da?
— Evet. İstersen Ender gidince sen de gel, değişiklik olur.
— Bakalım, gelirim belki...
Sedat, Ilgım'ı öpüp arkasını döndüğünde Ilgım düşüncelerine dalmıştı bile. Sedat, büyük bir ihtimalle, Ender'in burada olduğu zamana denk getirmişti bu seyahatini. Böylece hem Ilgım rahat edecekti, hem de kendisi bir ay Londra'da gönül rahatlığıyla kalabilecekti. Kocası, Ilgım'ı uzun süre yalnız bırakmak istemez, uzun seyahatlerinin çoğunda yanına çağırır, bu da Ilgım'ı kızdırırdı. "Ben çocuk muyum? Bir hafta yalnız kalan bir ay da kalır, bir sene de," diye söylenir; Sedat da "Tabii ki kalırsın, ama ben sensiz kalamam, senin özlemine en fazla on gün dayanabilirim," diyerek onu kandırırdı. Kim bilir, belki de gerçekten dayanamazdı.

Seçkin, "Ne gündü!.." diyerek ayrıldı teleskopun başından. "Neyse ki bu gece erkenden uyudular." Sabah gazeteden döndüğünde, Ilgım'ı giyinirken bulunca şaşırmıştı, çünkü o saatte uyanmazdı. Sonra, salondaki yabancı adam. Bu adamı da sanki bir yerlerden tanıyordu, ama çıkartamadı. Yakışıklıydı ve Ilgım adama öyle bir sarılmıştı ki. Kim olabilir, acaba diye düşünmüş, ama aklına yatan bir yanıt bulamamıştı. Her kimse, Ilgım'ın onu çok sevdiği belliydi. Ya yakın bir akraba, ya yakın bir dost... Adamı bir hatırlayabilse, anlardı belki de...

Ilgım'ı bugün fazla görmemişti. O adamla bir süre bahçede oturmuş, sonra atölyeye bakmışlardı. Daha sonra, adam Seçkin'in menzilinden çıkmıştı. Ilgım, yalnız başına bir süre daha oturmuştu bahçede, ama bu kez kitap okumamış, öylece dalgın dalgın durmuştu. Sonra, o da çıkmıştı menzilinden. Daha sonra akşam sofrayı hazırlarken görmüştü ve tabii yemek boyunca ve soyunurken yatak odasında.

"Evden çıkmadığına göre, demek ki bu adam onlarda kalacak. Rıfat görseydi, eminim tanırdı bu adamı, unutkanlığımdan böyle zamanlarda nefret ediyorum," diye geçirdi içinden.

22 Mayıs, Cumartesi

Cumartesi günü olmasına rağmen, Seçkin erkenden uyandı. Çünkü, bu adam Ilgım'ı en geç sekiz buçukta kaldırıyordu. Bu durum Seçkin'in programını da altüst etmişti. Neyse ki, adamın kim olduğunu öğrenmişti. Ünlü heykeltraş Ender Ekin. Çarşamba günü, Galeri Nokta'da sergisi varmış. Bu sergi, Ilgım'la yapmayı düşündüğü röportaj için de harika bir fırsattı. Şans ayağına gelmişti.

Saat sekize geliyordu ve uyumak istemesine rağmen kalkmak zorundaydı. "Hiç olmazsa onlar uyanana kadar kahvaltımı yaparım," diye düşündü. Bu adamdan hoşlanmamıştı. İşin tuhafı, o gelince Sedat seyahate gitmişti. Seçkin, onun da Londra'ya gittiğini öğrenmişti. Aslında başka bir açıdan bakınca, bu mantıklı da gözüküyordu. Eğer Seçkin'i o tuttuysa, şimdi de bu adamla karısını bilerek yalnız bırakmıştı. "Zekice," diye düşündü.

"Prenses hadi uyan, günü yakalamamız lazım," diyen Ender'in sesiyle, bebekleri hâlâ uyuyan gözlerini araladı.

— Sabahları beni uyandırman çok hoşuma gidiyor, tıpkı akademideki gibi.

— Hadi ben aşağıya iniyorum. Aliye beni senin odanda, seni çırılçıplak ayakta görürse cinnet geçirebilir.

— Tamam. Ben de bir duş alıp inerim.

Ilgım aynanın önünde, aşağıdan gelen müzik sesiyle dans etmeye başladı. Ayna uzun bir aynaydı, Ilgım da güzel bir kadın. Kendi vücudunun hareketlerini izlerken, müziğin de etkisiyle yavaş yavaş çevresinden kopmaya başladı.

Ilgım Beethoven dinlerken, heavy metal dinlermiş gibi dans eder, Metalica dinlerken de tango yapmayı severdi.

Şimdi de, Lester Bowie'nin "All the magic" CD'sinin "jazz" ritimlerinde, Ilgım'ın vücudu aynaya bir Mısır rakkasesi olarak yansıyordu.

Ilgım, pavyondaki kadınların ayna önünde dans etmekten hoşlandıklarını duymuştu. Hatta ayna önünde dans etmeyi seven kadınlara, pavyon kültüründe yetişmiş orospu gözüyle baktıklarını. Sağa sola gittiklerinde de, "Sakın ayna önünde dans etme," dediklerini anımsadı.

Ilgım, aynada sağa sola sallanan memelerine ve artık terlemiş yüzüne bakarak, "Evet işte... Evet işte, ben bir orospuyum..." dedi.

Aşağıdan gelen müzik sesine, Ender'in, "Açlıktan ölüyorum," sözleri karışınca, aynadan ve dansından uzaklaşmak zorunda kaldı.

Ilgım'la Ender, kahvaltılarını bitirdikten sonra atölyeye indiler.

— Bak Ilgım, iki gündür dışarılardayız. Bugün atölyeden çıkmak yok.

— Tamam, bana modellik yap. Bitene kadar çıkmayalım atölyeden.

— Ya günlerce sürerse?

— Yine kabul.

— Anlaştık.

— Aliye!!! Onun buraya inmemesini sağlamam lazım. Onunla konuşup geliyorum.

Ilgım yukarı çıktığında, Aliye mutfakta kahvaltıyı topluyordu. "Biz Ender'le atölyede çalışacağız, ama bilirsin Ender çalışırken rahatsız edilmekten nefret eder. Onun için bir şeyler gerekirse ben alırım, sen aşağıya gelme," dediğinde Aliye, bakışlarıyla bu işten hiç hoşlanmadığı belli etti. Ilgım, anlamazlıktan gelerek, "Bize bolca soğuk sandviç ve limonlu parfe yaparsan sevinirim; çünkü gece de çalışmaya devam edebiliriz," diye bitirdi sözlerini. Hemen aşağıya indi. Bugüne kadar Ender'le olan yakınlığını kim anlayabilmişti ki? Belki en çok Sedat ama...

— Yine kızdı mı?

— Evet.

— Bu kadın bana hiç alışamadı.

— Sana alışmakla ilgili değil. Sorun seninle benim aramda ne olduğunu anlamamakla ilgili, sanki bir tek Aliye mi?

— Neyse, boş ver şimdi bunları. Kadın yontucumuz nerede ve nasıl durmamı ister acaba?

— Bak şimdi, şu yeni mermerle çalışacağım. Ama, çıplak poz vermeni istiyorum.

— Benim için bir mahsuru yok.

— Tamam. Şimdi divana yan olarak uzan.

Ender hiç sakınmasız çıkardı üzerindekileri, tarif edildiği şekilde yan olarak uzandı divana. Ilgım uzun bir süre hiç kımıldamadan öylece seyretti. Dışarıdan bakan birisi, Ilgım'ın ilk defa bir erkek bedeni gördüğünü bile düşünebilirdi. Öylece, kımıltısız, gözlerini ayırmadan baktı, baktı, baktı...

Hazır bekleyen mermerde ellerini gezdirirken, artık sadece Ender, mermer, Ilgım ve elleri var olmuş; onun dışında kalan dünya ise kaybolmuştu.

Ilgım, şimdi bir çocuk gibi mutlu ve özgür hissediyordu kendini. Sanki, onu boğan ipleri kesilmiş gibi. Ve artık o kendisi gibi...

Divanda yatan Ender'in bedenine santim santim dokunuyordu sanki, heykeli yaparken gören gözlerin hiçbir önemi yokmuşçasına, tüm duyuları ellerinde toplanmış; duyan, gören, bilen, anlayan dokunuşları...

Ender'in bedeninde gezen elleri, daha sonra da mermerde hiç durmadan ilerledi. Sanki çalışırken hiç sıkıntı çekmiyormuşçasına, bir erkek bedeni ellerinin arasında oluşurken.

Yemek yemeden, su içmeden hatta tek sözcük bile etmeden, mermerle beraber anlar da Ilgım'ın ellerinde eriyip gitmişti.

— Ilgım, çok acıktım, bu gecelik bu kadar yeter.

Ilgım, yorgun gözlerle bir Ender'e baktı, bir ellerinde şekillenen mermere... Yanıt vermeden bekledi bir süre, sonra, "Ben de acıktım," diyerek üst kattan Aliye'nin hazırladığı soğuk sandviçleri, limonlu parfeyi ve kırmızı şarabı getirdi. Yemekleri bitene kadar ikisi de suskun kaldı. Boşalan tabakları ve kadehleri toplarken, Ilgım muzip bir ifadeyle gülümsedi: "Bu gece," dedi, "tıpkı eski günlerdeki gibi beraber uyuyalım." Yorgunluktan ve şarabın etkisinden gözleri kapanmak üzere olan Ender, gülümsemekle yetindi. Ilgım, yanına uzanmadan önce panjurları, nedense, indirdi.

Seçkin, atölyenin panjurlarının kapanmasına hem şaşırdı, hem de kızdı. Günlerdir evdeki bütün perdeleri açan bu kadın değilmiş gibi, şimdi neden kapatmıştı panjurları? Atölyede, yanında o adam. Bu nasıl bir kadın, kocası bu kadını, hem de bu adamla bırakıp gidebiliyor ve... Ve şu anda neler olduğunu Seçkin bilemiyordu. Kendini ihanete uğramış gibi hissetti.

Öfkeyle teleskopun yanından ayrıldı, bira yerine kendine sert bir viski koydu. Ilgım ne tuhaf bir kadındı. Peki ya kendisi, şu anda içinde bulunduğu ruh hali çok mu normaldi sanki? Saatine baktı, gece yarısını geçmişti; içi sıkılıyordu.

Bu kadını izlerken, "tuhaf" sözcüğünün yetmediğini fark etmişti. "Tuhaf" sanki ne demekse ya da "tuhaf olmayan" ne ise.

Sabah, o adam Ilgım'ı uyandırmış; sonraki gördükleri ise Seçkin'de derin bir hayal kırıklığı yaratmıştı. Ilgım, aynanın karşısında çıplak dans etmişti. Bir kadın çıplak ve aynanın karşısında... Sonra ise hiçbir şey olmamış gibi aşağıya inip Ender'le beraber kahvaltı etmişti. Kahvaltıdan sonra da, ikisi atölyeye inmişler, atölyede büyük heykeltıraşımız Ender Ekin, anadan doğma soyunarak divana uzanıp Ilgım'a poz vermişti. "Ne haber olur!" diye düşünmüştü o sırada Seçkin.

HANIMEFENDİLİĞİ VE ZARAFETİYLE TANINAN ILGIM HALİT, AYNANIN ÖNÜNDE ÇIRILÇIPLAK DANS EDERKEN YAKALANDI.

ya da

DÜNYACA ÜNLÜ HEYKELTIRAŞIMIZ ENDER EKİN, ILGIM HALİT'İN ATÖLYESİNDE ÇIRILÇIPLAK MODELLİK YAPARKEN YAKALANDI!!!!

Ilgım, hiç kımıldamadan dakikalarca öylece bakmıştı onun çıplak bedenine. Sonra, mermerini yontmaya başlamıştı. Daha sonra, elleri mermerde gezer gibi ya da kendi bedenini kuruluyormuş gibi, o adamın bedeninin her köşesinde; dokunmaktan öte, okşamaktan ayrı...

İşte yine aynı kelime "tuhaf"...

Gece yarısına kadar geçen saatler boyunca, hep aynı görüntüler vardı. Ilgım'ın önce o adamın bedeninde, sonra da mermerin üzerinde gezinen elleri. Mermerden etrafa yayılan tozlar, Ilgım'ın tozlanan, ama temizlemeye gerek duymadığı saçları, yavaş yavaş şekil değiştiren mermer, Ilgım'ın hareketleri, bakışları, elleri, bedeni ve kendinden geçişi.

Kendi kendine, bunları nasıl düşünebildiğine şaşırdı. Kendi aklından geçenlere şaşırması pek de bir şey ifade etmedi. Belki, habercilik de bir virüstü. İnsanın içine işlediği zaman, aklının önüne geçebilen ya da duygularının esaretine girebilen...

Gece yarısına kadar, hep aynı kareyi tekrar eden bir filmi seyrediyormuş gibi hissetmişti kendini ve bu filmi sevmemişti. Hele de panjurların kapanış sahnesini, hiç mi hiç beğenmemişti.

Şimdi, Ilgım'la o adam ne yapıyorlardı? Güzel bir kadın, yakışıklı bir adam, üstelik kadının elleri bütün gün adamın bedeninde ve şimdi aynı mekanda, ikisi baş başa ne yapabilirler ki, ne yapabilirlerdi başka?..

Viskisini üç yudumda bitirdikten sonra, cep telefonunu aldı eline, sonra tekrar bıraktı yerine. Bir bardak daha viski içmeyi düşündü, sonra ondan da vazgeçti. Canı sıkıldı. Oflayarak yatak odasına gitti, ama gece sabaha kadar bitmek bilmedi.

8

Kadını kadında ararken
Bulunabilir mi
Aramadıklarımız
Bulduklarımız bizi yok ediyorsa

Evet evet, işte Ilgım Halit'in sırlarından bir parça daha şu an avuçlarımın içinde, ona ortak olmamı bekliyor. Merakla beklenen bir haftanın sonunda, yine Ilgım'la...

Evet evet, bu işin belki de en heyecanlı kısmı, zarfı ellerimin arasında tuttuğum anlar. Zarf, mektup, sözcükler, Ilgım Halit, hepsi benim onlara ulaşmamı beklerken. Gözlerim satırlarda ve Ilgım Halit, benim için tekrar var olmakta.

Bakalım Seçkin Bey'in ilginç ve yalnız kadını bu hafta neler yapmış, neler yaşamış ve Seçkin Bey nelere, ne kadar ortak olmuş...

23 Mayıs, Pazar

Merhaba,

Benim için yazması en zor olan ilk mektup, diye düşünmüştüm; ama ikinci mektubu yazmak için, ilkinden daha fazla zorlanıyorum. Şu anda, yine gazetedeyim. Ilgım ve Ender Ekin Galeri Nokta'da, Ender Ekin'in sergi açılışının hazırlıklarıyla ilgilenirlerken, ben de fırsattan istifade size yazmaya çalışıyorum. Evet bu sefer yazmaya çalışıyorum, çünkü aklım karışık ve yazacaklarımla sizi yanıltmak istemiyorum.

Demek ikinci haftada, senin de aklını iyice karıştırdı Ilgım. Hem de onu sadece uzaktan izlerken. Bana bundan sonraki satırlarda, neden aklını karıştırdığını anlatırsan; belki benim yanıtlarım da oralarda saklıdır. Bir bilebilsem...

Bu haftanın ilk iki günü de, tıpkı geçen haftaki gibiydi. Onun için yalnızlıktan hoşlanan, sakin bir yaşam tarzı seçmiş, hatta biraz melankolik; izlenmeye gerek duyulmayacak bir kadın diye düşünürken, evlerine gelen bir adamla; (belki siz de tanıyorsunuzdur, heykeltıraş Ender Ekin) benim fikirlerim, Ilgım'ın hayatı, her şey bir anda değişti, anlayamaz oldum. Kim bu Ilgım Halit?

Biliyorum, bu sorunun yanıtını siz benden öğrenmek istiyorsunuz; ama bu işin içine girdikçe, benim de yanıtlarım değil, sorularım artıyor. Benim tanıdığım, iki Ilgım oldu sanki ve hangisi gerçek, hangisi sahte? O adamın gelişi, her şeyi altüst etti. Sedat Halit de, o ikisini aynı evde bırakıp gitti. İşin açıkçası, onun bu hareketine de anlam vermiş değilim. Gerçi, başka kanallardan yaptığım araştırmalara göre, Ilgım ve Ender akademide beraber okumuşlar ve o yıllarda aynı evi paylaşmışlar. Hatta herkes, o ikisinin evleneceğini düşünüyormuş. Ilgım'ın hayatına Sedat Halit'in girmesi de, o yıllarda herkesi şaşırtmış. İşin daha da ilginç tarafı, Sedat'la birlikteyken de Ilgım, Ender'le aynı evde oturmaya devam etmiş. Okul bitince, Ilgım Türkiye'ye dönüp Sedat'la evlenmiş. Ama, Ender Türkiye'ye dönmemiş. Aldığım haberlere göre, Ilgım'ın Sedat'la evlenmesi yüzünden bunalıma girmiş, o yüzden Türkiye'ye dönmemiş. Yine de enterasan bir durum. Sedat ve Ilgım evlendikten sonra, Ender her sene onlara gelirmiş. Ayrıca, Türkiye'ye sergi açılışları için geldiğinde de, onlarda kalırmış. Bir dedikoduya göre de, Sedat Halit, Ilgım'ı o kadar çok seviyormuş ki onunla Ender'in aşkını, o zaman kabullenmiş. Ve Ender ne zaman onların evine gelse; o yurtdışına gidermiş. Ayrıca, Ilgım'ı da sık olmamakla beraber, Ender'in yanına tatile gönderirmiş. Bu aşk hikâyesini de, onların çevresindeki herkes bilirmiş. Ama, başta da söylediğim gibi; bunlar hep üçüncü şahıslardan duyduklarım. Gelelim benim izlenimlerime.

Evet evet, tam da benim beklediğim gibi, Ilgım ve Ender'in yıllardır insanların diline pelesenk olan aşklarının izini buldun demek ki. Gazetecilik senin ruhunda var. Ben, mesleklerin ruhlara yansıdığına inanırım ya da mesleklerinde başarılı olanların, ruhlarına uygun meslek seçtiklerine...

Evet evet, benim için de ilginç bir konu; Ilgım ve Ender'in aşkları... Demek ki üçüncü şahıslar, başkalarının hayatlarını kendi hayatları gibi bilebiliyorlar. Keşke, ben de öyle bir üçüncü şahıs olabilseydim. Ben, kendi hayatımı bile bilemezken, üçüncü şahıslarla ilgili hükümlerde bulunmak...

Evet evet, bu aşar beni. Ne kadar şanslı insanlar, ne kadar özeniyorum onlara. Bir avuç gerçek bilgi için ben bunca yırtınırken Ilgım ve Ender'in aşkını herkes benden iyi biliyor; ne acı. Ya da gerçekler ne kadar ucuzlatılmış...

Beş gündür, Ilgım ve Ender'i izledikten sonra, size ilk söyleyeceğim, o adamdan hoşlanmadığım. Nedenini anlatamam, ama o adam heykel gibi! Adını koyamadığım bir soğukluk ya da uzaklık var davranışlarında. Ilgım'ın onca sıcak tavırlarına karşı, onun tavırlarında adlandıramadığım bir uzaklık vardı. Belki de, Ilgım'dan uzak durma çabasıdır. Bilemiyorum.

İki gün, atölyeden hiç çıkmadıklarını söylemek zorundayım ve iki gece de, orada kaldıklarını. Hiç perde kapatmayan Ilgım, onunla kaldığı iki gece de, gece yarısından sonra atölyesinin panjurlarını kapattı. Panjurlar sabah uyandıklarında açıldı. Tabii uyudularsa!.. Bununla ilgili bir yorum yapmak istemiyorum. İki gün, Ilgım o adamın heykelini yaptı ve adam, ona çırılçıplak poz verdi. Ender Ekin model olmadığı halde, neden böyle bir şey yaptı, onu da anla-

mış değilim. Gerçi ben sanatçı da değilim, onların kendilerine göre gariplikleri olabildiğinin de bilincindeyim, ama yine de bir heykeltıraş neden çıplak modellik yapmak ister, onu anlayamadım. Ve tabii Ilgım'ın o adama dokunuşları...

Evet evet, bak çok iyi gözlemişsin, peki ama sonuç ne? Bu adamla bu kadın sevgili mi, âşık mı? Bana hâlâ tek bir bilgi vermedin. Ya bilgi vermek istemiyorsun ya da sen de benim gibi ne olduğunu anlayamadın?

Ilgım, heykelin büyük bir bölümünü bitirdi. Tamamlanmış halini ben de merak ediyorum. Çünkü, bu haliyle bile kendine baktıran, daha doğrusu gözümü çeken bir... Bilemiyorum, işte o heykel benim de ilgimi çekti. Bitmesini ben de bekliyorum. Sanki bitmiş halini görünce, bazı yanıtları da bulacakmışım gibi, saçma sapan bir his benimkisi.

Evet Seçkin Bey, hayat böyledir işte. Soruların yanıtlarını bulamadığımız zaman, eskiden bize hiçbir şey ifade etmeyen ayrıntılar dile gelir ve aradığımız yanıtların, hep burnumuzun dibinde olduğunu anlayıveririz. Ama, o zaman da gözlerimiz artık yakını seçemez olur.

Aslında, şimdilik bir yorum yapmak istemiyorum. Ama, Ilgım ve o adamın arasında bir şeyler olduğu kesin. "Ne" sorusunun yanıtını şimdilik veremeyeceğim, ama emin olun bu yanıtı bulacağım.

Ayrıca, Ilgım Hanım'la ilgili bir de hayal kırıklığı yaşadığımı itiraf etmek zorundayım. Ender Ekin'in heykeline başladığı günün sabahında, aynanın önünde çırılçıplak dans ederken yakaladım onu. Ben, onun diğer kadınlardan daha farklı olduğunu düşünmüştüm. Ama, işte kadın da sonuçta kadındır...

Demek, Ilgım'ın ayna önünde dans etmesi seni rahatsız etti. Peki ama, kadın, kadın olmaktan başka ne olabilir ki? Kadını, kadın olmak ayıp veya suçmuş gibi "erkek gibi kadın" diyerek onurlandırıp "orospuluk yapma" diyerek de aşağılamıyor muyuz? Evet evet, elini vicdanına koy ve düşün: Hangi erkek, iş yatmaya gelince orospu gibi kadın yerine, erkek gibi bir kadınla yatmak ister?.. Hepimiz, çelişkilerin elindeyiz aslında. Hepimiz; ne biraz az, ne biraz fazla, ama yine de...

Bu hafta Çarşamba günü, Ender Ekin'in sergi açılışında Ilgım Halit'le, bir röportaj yaparak, tanışmayı, ayrıca, onunla komşu olduğumu da söylemeyi düşünüyorum. Böylece, onunla yakınlaşabilirim gibi geldi bana. Evinizden bahsetmemin bir mahsuru olur mu, bilemediğimden, bu konu ile ilgili bana bir yanıt verirseniz sevinirim.

Bu haftalık size söyleyebileceklerim bu kadar. Umarım bundan sonraki hafta, daha da net bilgiler sunabileceğim.

İyi günler dileğiyle.

Evet evet, bu iş umduğumdan kısa sürecek. Tabii ki ona komşu olduğunu söyleyebilirsin. Bunun hiçbir sakıncası yok. Bunu sana mektupla bildiremem ama... Eminim Ilgım'la tanışınca, bana çok daha doğru bilgiler vereceksin. Aferin Seçkin. Belki de, sen bu işin üstesinden gelebileceksin...

9

26 Mayıs, Çarşamba

Seçkin, sabah cep telefonunun "Cimbom Galatasaray, Galatasaray şampiyon" melodisi ile uyandı. Arayan Rıfat'tı.

— Oğlum, niye gazeteye gelmedin?

— Saat kaç?

— Dokuz buçuk.

— Bu sabah gazeteye gelmeyeceğim. Hayrola ne oldu?

— Ender Ekin'in sergisine buradan mı gideceksin, yoksa orada mı buluşacağız diye soracaktım.

— Orada buluşuruz.

— Sen, bugün de araştırmanla mı ilgileniyorsun?

— Rıfat, hadi, telefonu kapatmam lazım.

Seçkin, yataktan kalkar kalkmaz teleskopun başına geçti. Bu sabah yine gecikmişti.

Ilgım, sürpriz yapmak için, erkenden kalktı, duşunu yaptı, giyindi ve kahvaltıyı bahçeye hazırlattıktan sonra Ender'i uyandırdı. Ender, sergilerinin ilk gününde hep gergin olurdu. Bunu iyi bilen Ilgım, akşam üstüne kadar onunla bahçede oturmaya karar verdi. Açık hava Ender'in gerginliğini hafifletebilirdi.

— Prensesliğe alışmışsın, ama hâlâ kötü bir oyuncusun.

— Lütfen Ender, yine başlama.

Ilgım'ın gözleri yaşarmış, bakışları sanki çok uzaklarda durakalmıştı. Bu konuşmanın nasıl olsa yapılacağını biliyordu. Her karşılaşmalarında yapıldığı gibi, yapılacağı gibi... Her defasında, kanayan yaraya tuz basmak gibiydi konuşmaları, ama yarayı iyileştirmiyor, tam tersi daha da kanatıyordu. Oysa ki Ilgım...

— Ender, bunca yılın sonunda neyi öğrendim biliyor musun? Bilgi yalnızlaştırırken, güç de acizleştiriyor. Ben, hayatı anlamak için, alışılmışın dışında bir dil kullanmayı seçtim ve bu dili anlayabilen o kadar az ki... Bu yola girerken, her şeyi göze almıştım. Şimdi de bedelini ödüyorum bu kadar basit.

— Basit olan, kendini yavaş yavaş yok etmen mi?

— Belki de var olduğuna aydığın zaman, yok olman bir önem taşımıyordur.

— Tabii sana göre yaratıcılık varsa, yıkıcılık da vardır zaten? Yaratan yıkar da...

— Evet, yaratıyorsan aynı güçle yıkabilirsin; tıpkı kadın gibi...

— Yani kadınlar erkeklerden daha mı vahşi?

— Doğası gereği hiçbir erkek, bir kadın kadar yıkıcı olamaz. Tabii patolojik sorunları olanlar dışında...

— Seni görmeyeli fikirlerin bayağı uçmuş.

— Bize her şey yanlış öğretiliyor. Özellikle de kadın ve cinsellik hakkında...

— Peki, her şey yanlış öğretiliyorsa, sen doğruları nereden öğreniyorsun?

— ....

Ender, bu soruyu sorduktan sonra, kendinden memnun, oturduğu şezlonga iyice dayandı, ayak ayak üstüne attı. Amacı, Ilgım'ı sıkıştırmak, kaçtığı gerçeklerle yüzleştirmekti ve şu anda Ilgım zor durumdaydı.

"Ne söylemem gerek," diye düşündü Ilgım. Gözleri şimdide, aklı geçmişte. "Her şey bir aşkla başladı," desem. En yakın dostuma anlatamıyorum bildiklerimi ya da anlatacak kelimeleri bulamıyorum. "Her şey gerçekten kadın olduğumu anladığım an başladı," diye söze başlasam, çok doğru ifade etmiş olurdum. Ama, anlaşılan bir o kadar da saçma olurdu.

— Oluşumu doğru ortaya koyamazsak, gelişimi yanlış temeller üzerine inşa ederiz. O zaman da, kadınlarımız kadın gibi, erkeklerimiz erkek gibi olur.

Sanrılarda yaşarlarken gerçekleri yaşadıklarını sanırlar. Tüm denge bozulur.

— Yani dünyamız, kadın ve cinsellikle ilgili doğru bilgilerle kurtulabilir ve bu bilgileri de sen keşfettin öyle mi?

— Ben keşfetmedim, bu bilgiler yüzyıllardır biliniyor. Ama, çeşitli toplumsal ve dinsel yasaklar biçiminde gizlenerek kadınlar sindiriliyor, doğru bilgiler dejenere edildiği için de dengeler altüst oluyor. Bize hep, kadının daha duyarlı ve hassas olduğu, erkeğin ise daha acımasız olduğu ya da olabileceği öğretildi. Oysa ki bu bilgi yanlış şartlandırmaların sonucudur. Doğrusu, kadının daha duyarlı ve daha acımasız olduğudur. Hiçbir erkek, bir kadın kadar acımasız olamaz. Tıpkı hiçbir erkeğin bir kadın kadar duyarlı olamayacağı gibi... Oysa biz, kadınların bu tarafını hep erkeklere yüklüyoruz, böylece bütünselliğimize zarar veriyoruz. Yıkıcılığını kabul edersen ya da bunun farkına varırsan kullanmamayı seçebilirsin. Ama, bunu yadsırsan, senin karşına ne zaman ve nasıl çıkacağını asla bilemezsin.

— Aslında doğru, kadınlar daha yıkıcı...

— Doğaya bak, tüm anlattıklarımın yanıtlarını görebilirsin. Doğa da yaratır ve yok eder. Doğa güçtür, tıpkı kadın gibi. Çünkü doğa dişidir. Dişi olduğu için de, doğanın tüm gücüne sahiptir. Kadın alandır, kadın seçendir, kadın üretendir ve kadın şeytandır!!!

— Bak bu sonuncusunu sevdim işte.

Ilgım, şimdi kendisini kaptırmış, büyük bir coşku

içinde anlatıyordu. Sanki sözcükler ona rağmen akıyor ve ona rağmen, anlamlar oluşuyordu. Belki de, tüm bunlan kendisine anlatıyordu. Bu bilgilerinin bir kısmını yaşayabildiği, bir kısmını yaşama geçiremediği için de, içi acıyordu. Bilmek!.. Evet, ama bilgi hayata geçmezse, bize ait olmazdı ki; sadece bilgi olarak kalırdı. Bildiklerini söylemek, bilmişlik taslamak, insanları etkilemek. Bunların hepsi küçük oyunlardı. Yalnızca hayata geçirdiğimiz bilgiler bize aitti. Tıpkı bahçenin köşesindeki şu hanımellerinin kokusu gibi. O koku, bizim ondan etkilenmemiz için değil, hanımellerinin bir parçası olduğu için var. Bilgi de başkaları için değil, bizim bir parçamız olduğu zaman....

— Biliyor musun, söylediklerin ilginç.

— Dahası da var.

Ender, alaycı gülümsedi, Ilgım'ı sıkıştırmayı düşünürken, kendisi köşeye sıkışacaktı. Sıkışmak... Serginin açılışına birkaç saat kalmıştı. Ama, Ender rahattı. Konuşmalar kafasını meşgul ettiği için, zaman çabuk geçmişti.

— Erkekler için cinsellik nedir?

— Bunu, bana mı soruyorsun?..

— Erkeklerin, kadınlarla bütünleşmesini sağlayan en önemli öğedir cinsellik... Oysa ki erkeklere cinsellik ve güç eşanlamlı olarak öğretiliyor. Erkeğin bütünlüğü, ilk cinsel tecrübesiyle parçalanıyor, güç diye baktıkları cinsellikleri daima onları güçsüzleştiriyor.

— Nasıl yani?

— Arkaik bilgi olarak, bu söylediklerimi erkekler biliyorlar. Ama, toplumsal öğretiler onlara tam tersini söylediği için hissettikleri ve öğretilenler arasında bocalayarak, güçsüzleşiyorlar. Bu durumdan kurtulmak için de, cinselliği güç için yaşayarak, gücü elde ettiğini zannediyorlar.

— Vay be!!! Teorilerin bayağı gelişmiş.

— Bak, bize seksin amacı yalnızca üreme diye gösteriliyor. Oysa, seksin çok önemli başka bir amacı daha var. O da, haz duygusu ile birlikte, beynin açılmasını sağlamak. Üremeyi ayrı tuttuğunda, tek başına seks aslında enerji entegrasyonudur. Sen bir şey yaparsın, bu bende bir şey yaratır, ben de sende bir şey yaratırım ve bizde var olan ikimizin yarattığının toplamıdır. Ve yaratılan bu toplam enerji ile de, beynin açılması sağlanabilir. Oysa insanlar, seksi sürtünme diye algıladıkları için, orgazm saplantısını yaşıyorlar. Evet, sürtünmeden orgazm yaratılır, ama enerji entegrasyonu için, haz almak şarttır.

— Desene, sizlerin durumu benden daha acıklı. Bu durumda, ben halime şükretmeliyim.

Ilgım'ın öfkesi, sözlerine olan inancı, anlatışındaki heyecan Ender'i mutlu etmişti. Şimdi karşısında, yıllar öncesindeki Ilgım vardı. Dikbaşlı, araştırıcı, inançlarını sonuna kadar savunan. Oysa dün.... "Kim bilir içinde neler taşıyor ya da neler yaşıyor da, böylesine farklı dünyalarda var olabiliyor. Belki de..."

Galeriye geldiklerinde, hazırlıklar tamamlanmıştı ama, galeri müdürü Figen, kokteylde bir aksilik çıkmaması için koşturup duruyordu. Kalabalık, anlarla çoğalırken Ilgım, suskunlaşıyordu. Ender'in çevresini saran insanlar, sanki onu boğuyordu. "En iyisi heykellere bakmak," diye düşündü. Böylece bir sürü boş konuşmaya tanıklık etmekten kurtulurdu.

— Ilgım Hanım!

Ilgım, ona seslenen kişiye soran bakışlarla baktı, ama yanıt vermedi.

— Ilgım Hanım merhaba, ben Gazete'den Seçkin Ersin.

Ilgım, "Merhaba" derken, tokalaşmak için elini de uzattı.

— Sizinle, bu sergi hakkında bir röportaj yapmak istiyordum.

— Bu benim sergim değil.

— Biliyorum, ama siz de bir heykeltıraşsınız. Hem Ender Bey'in de yakın arkadaşısınız. O nedenle de, sizin yorumlarınız okuyuculara ilginç gelebilir.

— Peki, size yardımcı olmaya çalışayım.

Seçkin ve Ilgım konuşurlarken, Rıfat hemen yanlarına geldi, kendisini tanıttı. Seçkin'in ne haltlar karıştırdığını merak ediyordu.

— Sanatçıların kıskanç olduğu yolunda genel bir kanı var, Ender Bey'in başarısı, sizde kıskançlık uyandırıyor mu?

— Tabii ki hayır. Ender bu başarıyı hak etti. Bunun için de çok çalıştı. Benim için heykel yapmak, kendi içime yolculuk yapmamı sağlayan özel bir araç. Oysa ki, Ender için bu bir yaşam biçimi, mesleği, var oluşu; o gerçek bir heykeltıraş.

— Peki, siz kendinizi nasıl görüyorsunuz?

Ilgım, bu soruya nasıl yanıt vermesi gerektiğini düşünürken karşısında duran bu adamı inceledi. Meraklı bakan ela gözleri, kıvırcık saçları ve küçük teybi tutan elleri. Ne kadar güzel elleri vardı. Ilgım bu ellerin heykelini yapmak istedi, eller, elleri...

— Heykel yapmak, benim kendimle konuşma biçimim ya da kendimi anlama biçimim. O nedenle de, sergi yapmayı hiç düşünmedim.

— Bu sergiyi nasıl buldunuz?

— Ender'in her sergisinde, bir öncekinden daha iyi bir noktaya varmış olduğunu görürsünüz. Sadece bu gelişimi sürdürebilmesi bile, büyük bir başarı. Ayrıca onun soyut tarzı beni çok etkiliyor.

— Bu sergide en çok beğendiğiniz heykel hangisi?

— Şu köşedeki "Sonsuzluk" adlı heykel, bence mükemmel.

Sessiz duran Rıfat, hemen araya girdi.

— Ender Bey'in ve sizin o heykelin önünde bir fotoğrafınızı çekelim.

Önünde fotoğrafın çekileceği heykel, matematikteki sonsuzluk işaretine benziyordu. Havada duran sonsuzluk işaretinin iki tarafının da tam ortasında, aşağıya doğru inen uzun birer çıkıntı vardı, çıkıntılar yere kadar iniyor ve sonsuzluk bu çıkıntıların üstünde duruyordu.

Ilgım ve Ender, sonsuzluğun yanında poz vermeye çalışırken, sürekli yanlarına gelip gidenlerden, Rıfat bir türlü istediği pozu yakalayamadı. Seçkin, fotoğraf çekiminin bitmesini beklerken, ona doğru gülümseyen... Öylece çakılmış kalmış, ona yaklaşan yüze bakıyordu. Peki ama bunun burada ne işi vardı. Tam da şimdi. Seçkin'in içinden bir ateş, bir sıkıntı yayıldı, onu daha da taşlaştırdı. Ne demesi ya da ne yapması gerektiğini düşünürken, ona gülümseyen yüz, Ilgım'la öpüşüyordu. Seçkin, bu sahnenin sonunda bayılmaktan korktu. Rıfat'ın kulağına fısıldadığı, "Oğlum bu karının burada ne işi var? Hem Ilgım Hanım'ı nereden tanıyor? Sen ne işler çeviriyorsun?" sözlerini bile anlamadı. Damla'nın burada ne işi vardı? Ilgım Halit'le nereden tanışıyordu?..

Damla, Ilgım'la öpüştükten sonra Seçkini öptü, Rıfat'a soğuk bir "merhaba" dedikten sonra, Ender'e elini uzatıp kendini tanıttı.

— Seçkin Bey, bana sormak istediğiniz başka bir soru var mı?

Seçkin ne soracağını, ne yapacağım şaşırmış, aklını toplamaya uğraşıyordu. Ilgım ve yanında Damla... Ilgım'la yapması gereken röportaj, Rıfat'ın pis pis gülmesi... Ilgım'a Damla'yı nereden tanıdığını sormak istedi. Şu anda, bunun dışında hiçbir şeyin önemi yoktu. Herkes Seçkin'i bekliyordu, Seçkin...

— Ilgım Hanım, bu röportajı, Ender Bey'in sergi haberi içinde yazmayı düşündüm. Uygun görürseniz, sizinle ayrıca daha uzun bir röportaj yapmak istiyorum.

— Aslında, kendimle ilgili konuşmaktan hoşlanmam, ama bir kerelik olabilir.

— Peki o zaman, size nasıl ulaşabilirim?

Ilgım'ın telefon numarasını not aldıktan sonra, o gruptan uzaklaştı ve arka arkaya iki kadeh şarap içti. Yanında sürekli sırıtan Rıfat'la kavga etmek istiyordu canı.

— Oğlum, bu karının burada işi ne diyorum sana?

— Ben nereden bileyim, görüşmüyoruz ki.

— Peki Ilgım Halit'i nereden tanıyor?

— Rıfat, bu konuyla ilgili, inan senden fazla bilgim yok.

— İyi de oğlum, bu karıyla aylarca yaşayan ben değildim.

— Bilemiyorum. Bana hiç Ilgım Halit'den bahsetmemişti.

— Demek ki konuşmaya pek vaktiniz olmuyordu.

— Rıfat!!!

— Bak seninki kıvırta kıvırta geliyor, ama şu bir gerçek ki karı da iyi karı.

— Tekrar merhaba!..

Seçkin, Damla'ya baktı. Aynı yeşil gözler, ellerinin her yerini bildiği vücudu, göbeğini açıkta bırakan gömleği, gömleğinin yakasından görünen memeleri, kısa eteğinin altından ben de varım diyen bacakları ve kısacık saçları... Damla saçlarını kestirmişti. Seçkin bunu ancak fark etti.

— Saçlarını neden kestirdin?

— Bunca zamandan sonra ilk sorun, saçlarımı neden kestirdiğim mi?

— Evet, saçlarını çok seviyordum.

— Belki de, o nedenle kestirmişimdir.

— İyi gözüküyorsun.

— İyiyim ve huzurluyum.

— Sevindim.

Seçkin'in gözleri, bir Damla'ya kayıyor, bir Ilgım'a. Sanki, ikisinde de var olan aynı elektrik, aynı ama farklı algılanan. Seçkin Damla'yı öpmek istedi, belki hemen orada sevişmek. Ama, Ilgım'ın sesindeki yumuşaklık, insanın gözbebeklerinin içine bakan gözleri, belki de Ilgım...

— Damla, senin burada ne işin var?

— Ilgım davet etti. Beni, Ender'le tanıştırmak istiyordu.

— İyi de, sen Ilgım Halit'i nereden tanıyorsun?

— Ilgım benim özel müşterim. Kıyafetlerinin çoğu benim tasarımım.

— Bundan benim niye haberim yoktu?

— Benim müşterilerimi merak etmez, hatta alay ederdin; ne çabuk unuttun?

— Yani sen, Ilgım Halit'i eskiden beri mi tanıyorsun?

— Üç senedir.

— Yani biz beraberken de...

— Seçkin, iyi misin?

Ilgım, gülerek Damla'nın yanına geldiğinde, Seçkin tükenmişti.

— Damla, sergiden sonra bize gidiyoruz, gelir misin?

— Zevkle!

— Seçkin Bey, isterseniz siz de bize katılabilirsiniz.

— Çok naziksiniz, ama...

Seçkin, tümcesini tamamlamadan, Rıfat, "Bizim için büyük bir zevk," diyerek noktayı koydu.

Ilgım'ın evine vardılar, bahçede açık büfe hazırlanmış, onları bekliyordu. Ve sergiye gelenlerin nerede ise tamamı, şu anda Ilgım'ın evinin bahçesindeydi. Ilgım, herkesle teker teker ilgilendi, ama hiç kimsenin yanında fazla zaman geçirmedi. Damla, yemekte çok fazla kalmadı, erkenden ayrıldı. Seçkin ve Rıfat, bir köşede kim kiminle dedikodusu yaparak zamanı tüketti. Ilgım'ın, gece boyunca ilgilenmekten hiç vazgeçmediği tek kişi Ender'di. Tüm konuklar gidene kadar, o gecenin Ender için yapıldığını herkese hissettirdi.

Gece yarısından sonra, bahçe insansız, ama insanların bıraktığı dağınıklıkla bozulmuş yapayalnızdı. Ender, yorgun olduğunu söyleyip yattı. Ilgım, günün yorgunluğunu üzerinden atmak için önce kendine bir duble cin tonik koydu.

Seçkin, evine geldiğinde, buz gibi bir bira açtı ve şöminenin karşısındaki koltuğa yıkıldı. "Şu tesadüfe bak," diye düşündü ve aniden kalktı koltuktan; Ilgım daha yatmamıştı.

Ilgım, içkisini bitirip yatak odasına girmişti. Bu akşam, Ilgım'ı çırılçıplak yatağa girerken görmek, Seçkin'in kanını beynine sıçrattı. Bu kadına dokunmak ve hatta etlerini sıkmak istiyordu. Ilgım'ın odasının ışığı sönünce, Seçkin'in elinde sadece birası kaldı.

Bu gece Ilgım, kendi odasında ve tek başına yatmıştı. İyi ama, neden Ender'le değildi? Sevgili olsalar? Ama, sevgili değillerse atölyede o gece?.. O adamla ilişkisi. Ender Ekin yakışıklı adamdı, ama derin dondurucu kadar soğuktu.

Ilgım'ın konuşması, yumuşacık ve içtendi. Duruşu, bakışı, sık sık ıslattığı dudakları, gülümseyişi. Onunla konuşurken ya da yanında dururken, sanki ona doğru çekiliyordu insan ya da enerjisi karşısındakini esir alıyordu ve...

Bugün, sabahtan sergiye gidene kadar, o adamla bahçede oturmuşlar ve bütün gün konuşmuşlardı. Seçkin, Ilgım'ın ilk defa bu kadar uzun konuştuğunu görmüştü, bir de o telefon konuşmasında... Seçkin, onları izlerken konuşulanları duyamadığı için de, hem sıkılmış, hem de öfkelenmişti. Ve sergi...

Ne sergiydi ama; Ilgım, Ender, Rıfat ve Damla... Damla'nın öfff!.. memeleri... Salondaki erkeklerin gözleri hep üstündeydi. Zaten Damla severdi böyle bir ilgiyi, hatta beklerdi de... Oysa ki Ilgım...

Damla'nın müşterileri ile hiç ilgilenmemişti. Doğrusu çoğu zaman da alay etmişti. Aslında Damla ile en çok sevdiği şey sevişmek değil miydi? Peki ama şimdi... Ne rastlantı ama, eski sevgilisi, izlediği kadını giydiriyor ve o izlediği kadını soymak istiyordu, hatta...

Uyuyamıyordu ve sabaha daha çok zaman vardı. Damla'yı arasa, saçmalıyor muydu? Bu geceyi böyle geçirmesi mümkün değildi. Kalktı, cep telefonundan Rıfat'ı aradı. Yarım saat sonra, bir barda buluşmak üzere anlaştı. Cep telefonundaki, "Mesajınız var" sinyalini de ancak o zaman fark etti. Mesajlar tuşuna bastı. "Seçkin Bey, oturduğunuz evle ilgili Ilgım Halit'in hiçbir bilgisi yoktur, ona komşu olduğunuzu söyleyebilirsiniz." Mesajı okuduktan sonra, hemen numaraya baktı. Ama numara yazmıyordu.

Çok ilginç! Cep telefonunda, yurt dışından aranınca da numara yazmazdı. Sedat Halit, şu anda İngiltere'de ve mektup yerine telefon mesajı... Bu kadar rastlantı, üst üste gelebilir miydi?

Seçkin, evden çıktığında, kendini biraz daha iyi hissetti. Rıfat'ı bu yüzden seviyordu; her an, her saat onunla buluşmak mümkündü.

28 Mayıs, Cuma

Seçkin, bu sabah erkenden gazeteye gelmiş ve ikinci sayfada çıkan haberine bakmıştı. Evet, Ender Ekin'in heykel sergisinin açılışı. Daha sonra, Ilgım Halit'in evindeki yemek, sonsuzluğun önündeki resimleri; haber yarım sayfa olmuştu, bu hoşuna gitti.

Odasında fazla oyalanacak zamanı yoktu. Çünkü, o adam daha gitmemişti ve Ilgım birazdan uyanırdı. Bugün Ilgım'ı aramayı düşündü. "Hem gazetedeki haberi söylerim, hem de röportaj için randevu isterim." Ender Bey'in de, bugün ya da yarın gidiyor olması gerekir. Böylece, Ilgım'la konuşurken onu rahatsız eden de olmaz. Evet, bugün arayacaktı.

Ilgım, sabah uyandığında yatağından kalkmak istemedi. Çünkü, iki saat sonra Ender'i yolcu etmek zorundaydı. Ve sonra, yine eski yaşantısının kabuklarına sığınacaktı. "Sedat'ın yanına giderim belki," diye düşündü. "Bir-iki gün burada kalıp, heykelimin son rötuşlarını da tamamlarım. Sonra da İngiltere'ye Sedat'ın yanına giderim. Belki, benim için de bir değişiklik olur. Hele şu hafta sonu bir geçsin de..."

Ilgım, bahçeye indiğinde, Ender çayını içmeye başlamıştı bile.

— Beni niye uyandırmadın?

— Kıyamadım.

— İki saat sonra gidiyorsun.

— Evet, hep söylersin ya; tekrar buluşabilmek için hoşçakal demek gerekir.

Ilgım, Ender'in kendi sözlerini tekrarlamasına güldü. Ama, şimdi yapamıyordu. Yine aylarca ayrı kalmak istemiyordu. İçi acıdı. Tuhaf bir bağla bağlıydı Ender'e, sanki hayatında o da olmazsa...

Ender, Ilgım'ın gözlerinde biriken yaşları görünce, ona sarıldı. Bu kadın, onun için çok özeldi, çocuğu gibi, arkadaşı gibi, kardeşi gibi, sevgilisi gibi... Belki bunların hepsi ya da... Şimdi yine Kanada'ya dönmeli, yine kendi yalnızlığında büyümeliydi.

— Ilgım lütfen ağlama, bizim ilişkimizde bunlara yer yok.

— Evet, ama sen gidince yine yalnız kalacağım ve koskocaman bir boşluk.

— Biliyor musun, duyguların en çok boyutu olanı yalnızlıktır aslında. Onu kabul ettikçe çoğalır ve derinlerdeki sürprizlerini seninle paylaşır. Daha yalnız, daha çoğalmışlıktır; dışardan bakınca, boşluk gibi algılanan. Senin en büyük sorunun, kendini yalnızlığına teslim edememen.

— Çok kolaymış gibi söylüyorsun.

— Bu yaşadığından zor değil. Hem hayat, rahatlık sınırının bittiği noktada başlar. Gelişimin en önemli göstergesi, rahatsızlıktır. Rahatsızlık yoksa, gelişim de olamaz.

— Ben rahatsızlık istemiyorum. Sadece huzur istiyorum, bir de kendimi...

— Kendini kimden istiyorsun, benden mi?

— Bilmem, belki de geçmişimden. O kadar çok olmamalıydılar var ki.

— Olmamalıydı!!!! Ne kadar da korkutucu bir yargıda bulunduğunun farkında mısın? Olan, olması gereken diyen sen; bunu nasıl söylersin? Olan, olması gerekense, olmamalıydı demekle, hayata, kendine ve evrensel düzene ihanet etmiyor musun? Peki, o zaman sorumluluk kimde? Bu sitem kime?

— Tabii ki kendime. Bildiklerimi yaşayamamak ruhumu kurutuyor.

— O zaman yaşa.

— Mesela, hayatın temeli dişidir ve aslında erkeklerin alt yapısı da dişidir desem. Bu, çok basit bir fikir gibi gelebilir, oysa ki yaşamı bu bilgi üzerine tekrar yorumlarsan, inan dünya değişir. Ama bunu, sadece bir fikir olarak bile söylesem, en başta "yanlış, tamamen yalan" diyerek tıp doktorları üstüme atlarlar. Ve bilimin bugünkü verileriyle de sözlerini ispat ederler. Ama bunu bir kenara yaz, bu bilgi bilimsel olarak kanıtlanacaktır.

— İyi de, sen nereden biliyorsun?

— Doğadan ve yaşamdan, her sorunun yanıtını, en doğru şekliyle alırsın. Yeter ki sormasını, duymasını ve algılamasını bil.

— Canım sen de bunu şimdi söyleme.

— Bak, gördün mü; önemli olan söylemekte değil, bu açıdan yorumladığın bir yaşamı yaşayabilmekte...

Ilgım, hanımellerinin kokusunu derin derin içine çekti. Koku... Hanımeli, kokusunun duyulmasından hiç rahatsızlık duymuyor, ama biz insanlar ten kokularımızı yok etmek için ne kadar çok uğraşıyoruz. Oysa ki, en etkili afrodizyak ten kokusudur. Ama, kadınlar erkekleri, erkekler de kadınları daha fazla etkilemek adına; hem de sevişecekleri zamanlarda, bol bol parfüm ya da koku sürerek, ten kokularını öldürüyorlar.

— Gazeteyi gördün mü?

— Yooo...

— Sergi ve senin verdiğin yemek haber olmuş, bir de resmimiz var.

Ilgım, gülümseyerek baktı habere.

— Resimde, en güzel pozu sonsuzluk vermiş, ne acı. Baksana, ikimiz de ne çirkin çıkmışız.

— Adam fena yazmamış.

— Biliyorum, Seçkin Ersin iyi muhabirdir.

— Nereden biliyorsun?

— Damla var ya, kıyafetlerimi tasarlayan stilist. Seçkin, bir ara Damla'nın sevgilisiydi. Damla'nın anlattıklarından onu bayağı iyi tanıyorum. Ama, tabii onun bundan haberi yok.

— Siz kadınlar!!! Hadi kalk, geç kalıyorum.

— Seni, havaalanına götürmeme yine izin vermeyeceksin değil mi?

— Vermeyeceğim. Otur, heykelimi bitir.

Ender gittikten sonra, Ilgım camın kenarındaki koltuğa oturdu, boş gözlerle yoldan geçenleri seyretti. Gerçi, yoldan da pek kimsenin geçtiği yoktu, o da aslında görmek için bakmıyordu. Canı hiçbir şey yapmak istemedi. Belki sokağa çıkıp saatlerce yürümek ya da günlerce uyumak. Ender'e özeniyordu. Yaşadığı onca soruna rağmen, ayakta kalmasına, çocuk yaşında başına gelen her şeyi kabul etmesine...

O gece, Ilgım nasıl da bağırmıştı Ender'e. Ertesi gün sınavları vardı...

— Ender, geri zekâlı mısın? Baksana, Janet senin için ölüyor ve sen kızı sürekli tersliyorsun.

— Ne yapayım, ondan hoşlanmıyorum.

— Bunca yıldır, hiçbir kızdan hoşlanmıyorsun, bu normal mi?

— Bana göre normal.

— Erkeklerden mi hoşlanıyorsun?

— Ilgım saçmalama.

— O zaman senin derdin ne? Hani ben senin en yakın arkadaşındım? Bana bile anlatmıyorsun. Ben, senin kadar yakışıklı olsaydım.

— Yakışıklılık yetmiyor.

— İktidarsız mısın?

— Ilgım, saçmalayıp durma.

— O zaman derdin ne?

— Hiçbir cinse ve hiç kimseye, cinsel bir istek duymamam.

— İstek mi duymuyorsun?

— Evet.

— Bu normal mi?

— Bilmem, bir sürü doktor ve psikiyatriste gittim. Ama bir çözüm bulunamadı. Hepsi başka bir şey söyledi. Bir sürü terapi, ilaç tedavisi yapıldı ve sonuçta bir değişiklik olmadı.

— Yani?

— Yanisi falan yok... Ben bu gerçeği kabul ettim. Sen de kabul et ve beni rahat bırak.

— Aseksüel gibi mi?..

Ilgım, telefonun sesiyle düşüncelerinden koptu. Aliye, telefonu açmadığı için, telefon inatla çalmaya devam etti.

Önce açmamayı düşündü, sonra pes etti.

— Efendim?

— Evet, ben Ilgım.

— İyi günler Seçkin Bey.

— Yarın öğleden sonra olabilir.

— Tamam, yarın ikide sizi bekliyorum. Adresimi vereyim...

Ilgım telefonu kapattığında, sıkıntısı çoğalmıştı sanki. Yarın da böyle olursa... Acaba neler soracaktı Seçkin? Ilgım, aklına gelen düşünceyle gülümsedi. Canı, şimdi buz gibi bir limonata çekti.

Limonatasını alıp, yine camın önündeki koltuğa oturdu. Seçkin, Damla'nın Ilgım'a anlattıklarını bilseydi, acaba kendisini nasıl hissederdi. Aslında Seçkin...

Şimdiden özlemişti Ender'i. Özlemek... Sedat ne yapıyordu acaba, bugün o da aramamıştı. Sedat'ı da özlemişti. Ama hep özlediği...

Özlemek... Bazen yaşama arzusunun bile önüne geçebilen bir duyumsama. Ve bazen, özleyebilmeyi özlemek. Sen benden uzakta, ben senden uzakta. Ama uzaklıklar yokmuşçasına yanımda... Ilgım'ın gözlerinden yaşlar boşaldı. Özlüyordu. Teni özlüyordu, dokunuşu özlüyordu, hazzı özlüyordu. Belki de, kendisinin var edilmesini özlüyordu. Özlemek...

Ilgım, aniden atölyesine inmeye karar verdi. Atölyesinde, Ender'in heykeli bitmek üzereydi. Ama, şimdi onu yapmak istemedi. Yarım kalan Pan heykelinin başına geçti. Heykelini çevirirken, Pan'ın erkekliğine değen eliyle içi ürperdi. Pan... Ve cinsellik... Ellerini, mermerin pürüzsüzlüğünde gezdirdi. Sanki biraz daha dokunursa, Pan canlanacak... Ilgım, elini heykelden tekrar çekti, huzursuz olmuştu. Bir süre Pan'a baktı, sonra heykeli aldığı gibi duvara fırlattı. Paramparça olan mermerin parçalarına baktı.

Atölyenin ortasında, bir sürü kırık mermer parçaları vardı. Pan yok olmuştu. Hep böyle yapmıyor muydu zaten? Tam sonuna gelmişken, parçalamıyor muydu? Bezgin, divana uzandı.

Bu parçalar, birkaç dakika önce elimde hayat bulacaktı ama, ben ona hayat veremedim, hiçbir şeye hayat veremedim, kendime bile... Özledim, kendimi bile...

Ilgım, uyuyakaldığını, Aliye onu uyandırınca fark etti.

— Ben gidiyorum, istediğin bir şey var mı?

— Sağ ol. Ben de şimdi yukarıya çıkıyorum zaten.

— Burası çok kötü olmuş.

— Boş ver, şimdi bunlarla uğraşmak istemiyorum.

— Akşama köfte, patates kızartması ve salata yaptım.

— Sağ ol, hadi yukarıya çıkalım.

Aliye, Ilgım'ın bu haline alışıktı. Arada sırada atölyede yaptıklarını kırar, sonra da hep uyuyakalırdı. Heykel'in duvara atılınca çıkardığı sesten, olanları bilmişti. Böyle zamanlarda, Ilgım için üzülürdü. Ama, hiçbir şey yapamazdı. "Neyse," diye geçirdi içinden, "yarına bir şeyi kalmaz. Şu Ender denen adamın her gidişinden sonra bu kadın çok üzülüyor. Sedat da bunları yalnız bırakıp gitti. Bazen Sedat'a da kızıyorum. Eski arkadaşı da olsa..."

Aliye de gidince, televizyon odasına çıkıp, televizyonun esaretine bıraktı kendini. Bugün, kendini taşıyacak gücü yoktu. Arka arkaya iki film seyrettikten sonra, artık gözlerini açacak hali kalmamış, düşünceleri de durmuştu. Hiç oyalanmadan, hemen yattı yatağına.

Ilgım yatınca, Seçkin de hemen yatağına gitti, canı oturmak istemedi. Neyse, bugün o soğuk nevale Kanada'ya gitmişti. Ilgım şimdi yalnızdı. Tıpkı Seçkin gibi...

Bu sabah, yine Ilgım'la o adam önce bahçede kahvaltı yapmışlar, sonra da Ender gidene kadar konuşmuşlardı. Ilgım'ın üzgün olduğu, her halinden belli oluyordu. Ama o adam, aslında o da üzgündü, ama belli etmemeye çalışıyordu. Ilgım'ın ağlarken, ona sarışılı...

Ender gittikten sonra, atölyesine inmişti. Yine o hayvan heykelini ortaya çıkartmıştı. O heykele dokunurken de bir tuhaflaşmıştı. Heykel, hayvanla insan arası garip bir yaratığa benziyordu. Ilgım, o yaratığa dokunduktan sonra, heykeli duvara fırlatıp parçalamıştı. Sonra da ağlayarak divana uzanmış ve uyuyakalmıştı.

O heykeli duvara fırlatması, sonra parçalara deli gözlerle bakması. Evet, Ilgım'ın dalgalı gözleri gitmiş, yerine deli gözler gelmişti. Sanki...

29 Mayıs, Cumartesi

Telefonu açmak istemedi, ama telefon inatla çaldı. Bu cep telefonları, özgürlük mü getiriyor, yoksa tutsaklık mı, çözemedi. Telefonun üzerindeki numaraya baktı, arayan Rıfat'tı. Onun kadar inatçı olamayacağı için, telefonu açtı.

— Oğlum, sana öyle bir kıyağım var ki, böyle bir iyiliği baban bile yapmaz. Haberin olsun.

— Rıfat, sabah sabah ne oldu?

— Hemen gazeteye gel, yoksa şansını kaybedebilirsin.

— Saat kaç?

— Dokuz.

— Tamam, hemen geliyorum, sen de çay ve tost söyle.

— Tamam.

Seçkin, hiç oyalanmadan hazırlandı. Rıfat, belli ki iyi bir haber yakalamıştı ve ona pas edecekti. Okul yıllarından beri aralarındaki sözsüz bir anlaşmaydı. Haber konusunda, daima birbirleriyle paslaşırlardı.

Apar topar çıktı evden. Bir taksiye atlayıp, gazeteye gitti. Odasına çıktığında, Rıfat masasına oturmuş onu bekliyordu.

— Hoş geldiniz Beyefendi. Siz bizden gizli saklı işler yaparken, biz size iyilik yapmak için uğraşalım. Adalet mi bu?

— Hayrola?

— Şu zarftaki fotoğraflara bak!

Seçkin, zarftan çıkanlara baktığında, önce fotoğraftakileri seçemedi. Ama sonra... Ne düşünebildi, ne de konuşabildi; tüm duyuları katılaşmış, sadece boş gözlerle baktı. Peki ama bu...

— Rıfat, bu fotoğrafları nereden buldun?

— Ben bulmadım.

— Kim çekti, sana nasıl ulaştı?

— Bizim deli oğlan var ya, Doku Ajanstan ayrılıp okumak için İngiltere'ye gitmişti. Orada bu ikisini yakalayınca, hemen fotoğraflarını çekip bana göndermiş. O, ajansta çalışırken, Sedat Halit'e takmıştı. "Bu adam, karısına bağlıyı oynuyor, ama kesin bir sevgilisi var ve ben onları yakalayacağım," diye çok uğraşmış, ama bir şey bulamamıştı. Çocuk işi bıraktı, ama adamı İngiltere'de yakaladı.

— Peki yanındaki hatun kim, tanıyor musun?

— Tanımıyorum, ama küçük bir araştırmadan sonra öğrendim. Mart reklam ajansının sahibi. Ne o, hiç sevinmişe benzemiyorsun, bu adamı araştırmıyor muydun?

— Evet, ama sanki...

— Şu halini gören de, adam seni aldattı zanneder.

Seçkin'in aklı iyice karışmıştı. Sedat Halit, karısını izletirken, kendisinin de bir sevgilisi vardı. Ilgım'ı, o adamla aynı evde gönül rahatlığıyla bırakıyordu. Yani, ikisi de canlarının istediğiyle birlikte mi olabiliyordu? O zaman, karısını niye izletiyordu, yoksa Ilgım'ı izleten başka birisi miydi? Tüm bunlar doğruysa eğer, o zaman beraberken, nasıl o kadar uyum içinde olabiliyorlardı?

Ve...

Seçkin'in aklına, sorular sağanak yağmur gibi aktı. Damlalar, zihninde boğulacağı bir göl oluşturdu. Ne garip ilişkiler, ne garip insanlar. Dışardan bakınca, gayet sade ve aklı başında gözüken... Hep mi yanıltacak bizi gördüklerimiz? Hep mi yanıltacak bizi duyduklarımız? Hep mi gerçekler yerine sanrılarda yaşayacağız ve kimi nasıl anlayacağız?...

— Şimdi ne yapmayı düşünüyorsun?

— Bilmiyorum. Ilgım Halit'le röportaj yapmaya giderken öğrendiğim şeye bak.

— Daha iyi ya, onun da ağzını ararsın.

— Doğru söylüyorsun, ama...

Rıfat, tabii ki doğru söylüyordu. Ama, artık neyi, ne için yaptığını karıştırmaya başlamıştı. Hangisi gazetedeki işi için hangisi izleten için ve hangisi kendisi için? Hepsi birbirinin içine girmişti ve o...

— Ben gelmiyor muyum?

— Fotoğraflarını sonra çekeriz, hem belki kendisinde vardır.

— Rahatsız edilmek istemiyorsunuz, öyle mi? Hem zavallı kadını kocası da aldatıyor, sen ona ilgi ve şefkat gösterirsin.

— Rıfat saçmalama.

Acaba, Ilgım bu ilişkiyi biliyor mu? Belki de bildiği için Ender'le... Evet olabilir, o heykeli duvara fırlatışı, deli bakışları. Evet, sırf öç almak duygusu ile böyle bir şey yapabilir.

— Bu fotoğrafları sana bırakıyorum, istersen araştırma dizinde kullan, istersen unut.

— Bana büyük bir iyilik yaptın.

— Ama, sen bana hâlâ ne haltlar karıştırdığını anlatmadın.

— Bu fotoğrafları zamanı gelince kullanacağım gibi, sana da zamanı gelince her şeyi anlatacağım.

— Tamam, patron sensin.

Rıfat odadan çıkınca, saatine baktı. Ilgım daha uyanmazdı. Elinde, Sedat Halit'in sevgilisi ile fotoğrafları, imgeleminde Ilgım...

Sandalyesini, pencereye doğru çevirdi. Bahçedeki güller açmış, çimenler yemyeşildi. Şimdi Küçükkuyu'da olsa, çarşaf gibi duran denizin sularına bırakırdı kendini. Denizin suyu, tuzu, serinliği, onu kendine getirirdi. Acaba, Ilgım'la denize girmek nasıl olurdu? Denize de çıplak mı giriyordu? Ya da nasıl bir mayo giyiyordu. Yüzerken, vücudunu okşayan su... Seçkin, sinirle sandalyesinden kalktı. Çünkü, bütün düşünceleri dönüp dolaşıp Ilgım'da kilitleniyordu.

Ilgım uyandığında, öğlen olmuştu. Saati görünce, bir çığlık attı. Bugün ikide, o gazeteci gelecekti ve atölyesinde paramparça mermerler. Hemen kalktı yatağından, duşunu aldı. Dolabının önünde, iki dakika düşündü ne giysem, diye. Sonra, eflatun renkli, düz kesimli, uzun ama yandan yırtmaçlı keten elbisesini giydi. Saçlarını dağınık topuz yaptı. Aynaya baktı. Evet, aynanın yansıttığı görüntüden hoşnut olmuştu.

Aşağı kata indiğinde, Aliye'ye seslendi:

— Sen bana güzel bir omlet ve portakal suyu hazırla. Ben de atölyemi toplayayım. İki saat sonra bir gazeteci gelecek ve aşağısı rezalet bir halde.

— Sen kahvaltını yaparken, ben orasını elektrik süpürgesiyle alırım, merak etme.

— Sağ ol.

Ilgım, hiç oyalanmadan atölyesine indi. Etrafa şöyle bir göz gezdirdikten sonra, hızla ortalığı toplamaya başladı, Ender'in modelliğini yaptığı heykel bitmiş gibiydi, onu masanın ortasına koydu. Ona bakan bu erkek bedeni...

"Şimdide var olduğumu sanırken, aslında geçmişimi yaşıyorum. Geçmişi özlüyorum. Geçmiş ya da anılarım, 'Masum, sıcak, çirkinliklerden uzak, sararcasına ruhumu yumuşak.' Aslında biliyorum, asla böyle olmamıştı yaşanmışlıklar, belki de duyumsadıklarım, geçmişe özlem adına şimdilerden kaçmak.

İşte yine başladı, sonu gelmek bilmiyor. Ne aradığımı bilmeden, sonuçlardan korkarak, düğüm çözer gibi, kendimi çözmeye çalışıyorum. Sorular hazır, yanıtlar aranmakta.

Sıcak bir duyumsama ya da gülüşün bedellerini ödüyorum belki de. Kendimi korumak adına, çelişkiler yaşamaktayım. Belki de aşklar aramaktayım, özlemlerim adına. Ama, sonuçta her şeyim kalıplarda...

Geçmişim dediğimde, sadece aşklar var imgelemimde. Anılarımda, hep aşkların ipuçları. Özlemlerim, aşklarım üzerine. Belki de çılgınlıkla, hesapsız, dolu dolu, sıcak yaşamışlığım; özlemler ve hatıralar. Aşk çerçevesinde, sıcaklık, paylaşmak, çılgınlık resmi. Çerçeve peşindeyim, resmi özlediğimi bilmeden. Ne aradığımı bilmediğim için de, içimde hep geçmişe özlem.

Duyumsadıklarım, değerlerin dışında olduğunu bilmenin ve aslında bunları yaşamak istememin suçluluğu. Gücümün yetmediği zamanlarda; çevreyi, toplumu suçlamanın rahatlığı. Geçmişin sıcaklığına özlem, şimdinin ağırlığı.

Belki de, tüm duyumsadıklarım bir düş. Yaşadığım gerçek ise sorgulama bile değil, aşka özlem."

Ilgım kendini düşüncelerine bırakmış, öylece karşısında duran erkek bedenine bakıyordu. Ona dokunmak istedi. Ama dokunursa...

Elleri istemsizce heykele doğru uzanınca içinde bir şeyler kabardı. Acı mı, korku mu, istek mi; isimlendiremedi, elleri heykelinin bedeninde gezerken, düşüncelerinde yitti. Son günlerinde, hep o vardı. Şimdi, kim bilir hangi ülkede, nefesi hangi kadının bedeninde. Bir tek onu unutamıyordu. Bir tek onu unutamadığı için de, en çok kendine kızıyordu.

"Seninle yaşadıklarım, gerçekle-hayal arasındaki çizgi gibi; aldanmakla-sevmek arasındaydı. Biliyorum hep öyleydi, ince ve göreceli. Ama ben, sevgi demeyi seçmiştim. Genç bedenimin arzularını ve ruhumun açlıklarını öylesine doyuruyordun ki. Bütün dünyayı karşıma almıştım. Ender'i bile... Seninle ne yaşadığımı, ne paylaştığımı bile sormadım; soramamıştım kendime. Her şey öylesine kendiliğindendi ki, bilemedim işte...

Bir yıl mı sürmüştü, yoksa bir gün mü? Bir kere mi bedenim seninle var olmuştu, bin kere mi? Sürenin önemi yoktu ki, hiçbir şeyin önemi kalmamıştı. Senin, bizim dışımızda. Sevgiyi yaşamaktı aradığım. Sana kendimi, benliğimi, beynimi, bedenimi savunmasızca açmıştım. Benim açıklığım, senin suskunluğundu. "Kelimelerin ardındaki gerçeği anlayabiliyorsun sen," derdin bana. Ben de inanırdım. Senin kuralların vardı. Benim itaatim. Benim kurallarımın olması gerektiğini, hiç düşünememiştim.

Akademinin köşesinde küçük kafedeki yemeklerimiz, tango derslerimiz, sevişmeler eşliğinde, hayallerimiz... İnsanlar yok, sorun yok, sıkıntı yok. Bedenlerimizin ve arzularımızın dışında, dünya bile yoktu. Kaptırmıştım kendimi, sana gitmiştim. Gerçeğin bile yok olduğunu, fark edememiştim...

Sonra, yavaş yavaş her şey parçalanmaya başlamıştı. Kasırgada kalmış bir tekne gibi, paramparça olmuştum. Sen, seyretmemiştin bile. 'Hazzı yaşamanın bedelleri vardır' demiştin ya. Her şeye rağmen, mücadele etmiştim. İkimiz adına akıntıya kürek çekmiştim, boşu boşuna. Sonra kasırga bitti, unufak parçalardan tekne yapmaya uğraştım yıllarca. Sen, kasırgadan kaçmıştın zaten, koşarcasına. Başka, daha başka tenlere, hazlara, aşklara; aşkı anlamışçasına. Benimse bedenimde hazzın bilgileri, zihnimde ise sorularım kalmıştı. Sorguladım yıllarca; kendimi, sevgiyi, seni, cinselliği, bedenimi.

Yaşananları düşündüğümde, adlandırmaya çalıştığımda, neydi diyorum? Bu neydi? Belki, sevgiyi bilmeyenlerin yaşadığı ve kendini kandırdığı, hatta kendinden kaçtığı, sevgi vizyonlarından biriydi. Ama, yine de sana minnet doluyum; bedenimi, hazzı ve cinselliği sonuna kadar yaşattığın için. Ama, yine de sana öfke doluyum; bedenimi, hazzı ve cinselliği sonuna kadar yaşattığın için...."

Ilgım, ellerini heykelin üzerinden çekip gözlerindeki yaşları sildi. Şimdi, geriye dönse yine... Daha fazla düşünmemek için, otomatik hareketlerle atölyesini topladı. Aliye, elektrik süpürgesiyle kapıdan girdiğinde, şimdiye dönebildi.

— Kahvaltını mutfağa hazırladım.

— Tamam, hemen çıkıyorum. Zaten saat bire geliyor, geç kaldım. Burayı temizledikten sonra, bahçeye de bir bak. Bahçede oturabiliriz.

— Peki.

Kapının zili çaldığında, Ilgım salonda gazeteleri karıştırıyordu. Kapıyı kendisi açtı. Seçkin, karşısında ona gülümsüyordu. İçeri davet ettikten sonra, şöyle bir süzdü. Kıvırcık saçları ve elleri...

— İsterseniz, önce burada birer kahve içelim.

— Nasıl isterseniz.

Ilgım, salona girmeden, mutfağa geçti ve Aliye'ye iki kahve yapmasını söyledi.

Seçkin, şimdi Sedat Halit'in oturduğu koltukta. Hep uzaktan izlediği evin içinde. Ama sanki göz, teleskopun merceğinden; şimdi onu gözetlemekte. Seçkin'in evde olan gözü ve Seçkin'i dışardan, izleyen göz... Bir yanı huzursuz olurken, bir yanı da merakla evi inceledi. Her şey gözünün gördüğü gibiydi. Teleskop, müthiş bir aletti. Kaçırdığı hiçbir ayrıntı yoktu. Ilgım, karşısındaki koltuğa oturunca, düşünceleri durdu...

— Ilgım Hanım, toplumda başarıları ile sivrilmiş kişilerin başarısızlıklarını konu alan, bir araştırma dizisi yapıyorum. Bu konuyla ilgili sizinle de konuşmak istedim.

— Benim başarısızlıklarım mı?

— Sizin ya da eşinizin.

— İlginç bir konu. Ama benim ve toplumun başarı anlayışlarının örtüştüğünü hiç zannetmiyorum.

— Mesela siz bir heykeltıraşsınız. Ama, hiç serginiz yok. Pek çok kişi, sizin heykelci olduğunuzu bile bilmiyor. Siz bu konuda kendinizi başarılı buluyor musunuz?

— Evet. Çünkü geçen gün de söylediğim gibi; heykel yapmak, benim kendi içime yolculuk yapmamı sağlayan bir araç, bana özel, benim için.

— Anlıyorum.

Ilgım, Seçkin'i izliyor. Gerçekte, neyin peşinde olduğunu anlamak için.

Seçkin, Ilgım'ı izliyor. Gerçekte, neyin peşinde olduğunu anlamak için.

— Eşiniz başarılı, peki siz iş dünyasına girmeyi hiç düşünmediniz mi?

— Hayır, iş hayatı bana göre değil.

— Neden böyle düşünüyorsunuz?

— Çünkü, kendimi iş dünyasına yabancı hissediyorum. Üstelik, o dünyada olmak için, bir istek duymadım.

— Hiç çalışmadınız mı?

— Hayır.

— Peki, zamanınızı nasıl değerlendiriyorsunuz?

— Heykel yaparak, okuyarak, arkadaşlarımla beraber olarak. Çalışmayan her kadın gibi...

Seçkin, Ilgım'ı gözlüyor, göz de ikisini. Elini tutup yakalayabilseydi, gözünü kapatacaktı, ama bir türlü yakalayamadı. Hem oyunun içinde, hem de izleyicisi olmak Seçkin'i...

— İsterseniz atölyeme inebiliriz.

Ilgım, Seçkin'e bakarken, Damla'nın anlattıkları geldi aklına: "Seçkin, zeki, duyarlı ve içine kapanıktır. Tanıdığım pek çok erkekten onu ayıran, bir yumuşaklığı vardır, tabii bir de sevişmesi..."

Seçkin, Ilgım'a bakarken, burada Ender'in çıplak bedenine dokunuşlarını anımsadı. O adamın tüm bedeninde gezen eller, şimdi Seçkin'e bir adım uzaktaydı. Ellerini uzatsa, tutabilecekti ve o eller şimdi...

Atölyeden sonra, bahçede de uzun süre sohbet ettiler. Seçkin, Ilgım'ı anlamak için, çeşitli sorular sormuş, Ilgım yuvarlak yanıtlarla geçiştirmişti. Ama sesi...

— Ilgım Hanım, size bir şeyi itiraf etmek zorundayım. Bu araştırmaya, sizin ve eşinizin hayatıyla başlamamın özel bir nedeni var.

— Özel bir neden mi?

— Evet. Ben, sizin karşınızdaki apartmanda oturuyorum ve sizi sık sık bahçede görüyordum.

Seçkin'in yüzü kızardı, devam etmekte zorlandı.

— Pencereler açık olunca, istemeden de olsa, sizi atölyenizde de görüyordum.

Göz, şimdi izlemeyi bırakıp, Seçkin'le kavga ediyordu: "Oğlum sen manyak mısın? Kadına oturduğun yeri gösteriyorsun. Bundan sonra, ya evinde eskisi gibi rahat olamazsa, onu nasıl izleriz. Aklını başına topla, ne yapmaya çalışıyorsun?"

— Tam karşıdaki apartmanda mı?

— Evet, şu üst kattaki, perdeleri açık olan daire.

"Oğlum saçmalama. Bari gerisini de anlat. Evimde bir de teleskop var. Tüm zamanımı sizi izleyerek geçiriyorum. Aslında sizi deli gibi istiyorum. Şu anda, işim umurumda değil, bir tek..."

— Demek komşuyuz. Gerçi benim komşularımla ilişkilerim yoktur.

— Belki bundan sonra olur.

"Oğlum, sana bir şeyler oldu; kontrolünü kaybettin. Söylediklerinin farkında mısın? Kadına resmen, ondan hoşlandığını hissettiriyorsun. Bir çuval inciri mahvetmek üzeresin. Lütfen kendini topla, her şey mahvolmak üzere."

— Neden olmasın?

"Ilgım, kendine gel! Adam sana kur yapıyor ve sen de ona çanak tutuyorsun. Bu oynamaya çalıştığın, tehlikeli bir oyun. Dikkatli ol. Bu adam bir gazeteci. Damla'nın anlattıkları yüzünden, bu adamı merak ediyorsun. Onu, diğer erkeklerden neyin ayırdığını arıyorsun. Tıpkı..."

Saatler ilerlerken, Seçkin gitmek için hiçbir girişimde bulunamadı. Ilgım da, onun gitmesi için hiçbir hareket yapmadı. Sanki sözsüz bir anlaşma...

— Gazeteye dönmeniz gerekmiyorsa, akşam beraber yemek yiyelim.

— Benim için büyük bir zevk olur. Sedat Bey?.. O geceki yemekte de yoktu.

— Evet, kocam bir aylığına İngiltere'ye gitti.

— Sık sık seyahate gider mi?

— Evet, uzun süreli seyahatlerinin bir kısmında ben de yanına giderim.

— Sizden uzun süre ayrı kalamıyor galiba?

— Belki.

— Genelde, iş adamlarımız yalnız seyahat etmekten hoşlanır.

— Sedat yalnız da gider.

— Peki, bu sizi rahatsız etmez mi?

— Rahatsız mı etmesi gerekir?
— Kendinize çok güveniyorsunuz?
— Bunun, benimle bir ilgisi yok.
— Nasıl yok, ya sizi aldatırsa?
— Ben, kimsenin kimseyi aldatabileceğine inanmam. İnsan, ancak kendini aldatır.
— Yani sizi aldatmaz mı?
— Bilmem. Hiç düşünmedim.
— Yani, bu olasılık aklınıza gelmiyor mu?
— Hayır.
— Peki, ya aldattığını öğrenirseniz?
— Kimi?
— Sizi.
— Beni aldatamaz, ancak kendini aldatır. Ama, kendini aldatmayıp sorumluluğunu da, sonuçlarını da göze alarak yaşıyorsa, onu anlamaya çalışabilirim. Ama, neler hissederim, bilemiyorum. Kırılabilirim, ayrılabilir, anlayabilirim. Biliyor musunuz, bu konularda ahkam kesmek çok kolay. Ya da etkileyici güzel tümceler söylemek. Önemli olan, böyle bir durumda neler hissedeceğimiz ki, bunu da bilebilmek mümkün değil. Aslında, en dürüst yanıt; bilemiyorum. Belki de bilmek istemediğim için de, ilgilenmiyorum.
— Sizinle yaşamak zor mu, kolay mı karar veremedim.
— Belki de, hem zor hem kolaydır. Olumlu tarafları kabul edilen, ama olumsuz tarafları reddedilen her şey bütünleşmeye engel olur. Kolaylık varsa, zorluğun olması kaçınılmazdır.

Birbirine eklenen anlar, Seçkin'in, Ilgım'a daha da yakın olma isteğini artırdı. Seçkin bir adım, bir adım daha dedikçe, Ilgım da çekilmedi; tam tersi fırsat verdi. Aldım verdim, ben seni yendim, yenmeye geldim...

— Atölyenizde, dikkatimi çeken bir heykel vardı. Gitmeden ona bir kez daha bakabilir miyim?

— Tabii.

Seçkin, masanın üzerinde duran, çıplak erkek bedenine baktı. Sanki canlı gibiydi. Hani dokunsan, hareket edecek ya da ters ters bakarak, "Senin burada ne işin var" diyecekmiş gibi...

— Bu güzel bir heykel.

— Çok naziksiniz. Arada sırada bu kadar iyisini yapabiliyorum.

— Nasıl bir duygu heykel yapmak? Sizi seyretmek isterdim.

— Sıkılmazsanız, sizinle bir anlaşma yapabiliriz. Sizin ellerinizi model olarak kullanarak, bir heykel yaparım. Siz de beni, çalışırken seyretmiş olursunuz.

Seçkin, ellerine bakıp gülümsedi. Bu kadınlar, neden acaba ellere bu kadar dikkat ederlerdi ki. Ilgım'a dokunmak isteyen ellerini, ona model olarak vermek. Bu, iyi bir anlaşma olabilirdi. Belki...

Seçkin kapıdan çıkarken, Ilgım son sözleri söyledi, "Yarın saat birde bana gelirseniz, hemen başlayabiliriz, tamam mı?"

Ilgım, evde yalnız kalınca, kendine buzlu bir limonata hazırladı. Bu adamda, onu çeken bir şey vardı. Elleri... Kim bilir, o eller bir kadının vücudunda nasıl gezinirdi. Saçlarının kıvırcıklarında gezinmek, nasıl bir duygu yaşatırdı. Dikkatle bakan ela gözleri ve bakışlarındaki... Tüm çelişkiler, yanlış yönlendirilmiş arzulardan kaynaklanmaz mıydı? Madem böyle düşünüyordu, bu defa sahip çıkacak mıydı arzularına, ve...

Ilgım, elindeki bardakla odasına çıktı. Üzerindekileri çıkardı. Çırılçıplak yatağına uzandı. Elleri vücudunda, ama o...

Seçkin, eve girince derin bir nefes aldı. Ama, bu nefesi niye aldığını da bilemedi. Kontrolünü yitirmiş miydi? Yoksa her şey kontrolünde gitmişti de, şimdi anımsamıyor muydu? Onca saat, ne konuştuklarını bile hatırlayamadı. Sadece, teypte kayıtlı birkaç soru ve yanıtın dışında, bütün kelimeler silinmiş, sadece Ilgım'ın hayali kalmıştı.

Seçkin, teleskopun başında, kendini kötü hissetti. Ilgım'la o kadar saat konuştuktan sonra, onu gizlice izlemek!.. Tanışmadan önce bu iş kolaydı. Şimdi ise, bir tarafı daha da çok isterken, diğer tarafı reddediyordu.

"Oğlum, ben sana söyledim, saçmaladın sen. İyice bak bakalım, senin yüzünden ben de göremiyorum Ilgım'ı. Hem bakmak zorundasın! Ilgım'la, yaptığın anlaşma gereği buluştun. Ne çabuk unuttun bunları. Ilgım'dan etkilenmeyi bırak ve görevini yap."

Göz Ilgım'a ulaştığında, Ilgım çırılçıplak yatağına uzanmış elleri bedeninde gezinirken, dalgın yatıyordu. Sonra, yorganın içine girdi, ışığını kapattı. Seçki'nin bir tarafı beklemişti, belki camın önüne gelip, ona doğru bakar, diye. Ama Ilgım...

Peki ama, yarın gidecek miydi? Giderse, olacaklardan korkuyordu. Ilgım da ondan hoşlanmış gibiydi... İyi ama, bu haftaki mektuba ne yazacaktı? Sayenizde tanıştığım Ilgım Halit'ten çok etkilendim ve sürekli onu düşünüyorum, hatta onunla...

Seçkin, daha fazla düşünmek istemedi? Bu işe de, düşünmeden girmemiş miydi? Macera istemiyor muydu? Yaşamak, doya doya, dememiş miydi? O zaman, devam etmek zorundaydı. Sonunda ne olabilirdi ki?

HİİİİÇÇÇ!!!

10

Özlemin kamçısı
Teni yaralayan
Öylesine bir dokunuş
Daima sürecek kan ter içinde

Evet evet, işte bir mektup, Ilgım'a doğru bir adım daha. İçimdeki umutsuzluk ve sıkıntı gün geçtikçe azalıyor. Sanki, Ilgım'la ilgili gelen her mektupla; ben kendime daha da yaklaşıyorum. Çünkü, biliyorum ki hiç kimse, kendisinin gerçek yüzünün tanınmasını istemez. İstemez, çünkü biliyorum ki, çoğunluk kendini bile tanımak istemez.

Evet evet, bu serüven düşündüğüm gibi, pürüzsüz ilerliyor. Seçkin, görevini hakkıyla yerine getiriyor. Şu anda, elimdeki zarf, içindeki sözcükler, benim onları var etmemi bekliyor. Var ettiğim her sözcük ile aslında kendime de... Bugün, oyalanmadan okumak istiyorum. Günler geçtikçe, benim de merakım artıyor ve günlerimi hep bu anı düşünerek geçiriyorum. Bu büyülü an...

30 Mayıs, Pazar

Merhaba,

Bu haftaki mektubu, yine Pazar günü, erken bir saatte yazıyorum. Bugün saat birde, Ilgım Halit'in yanına gideceğim. Onunla bir anlaşma yaptık, o ellerimi model olarak kullanacak; ben de onu seyredeceğim. Böylece, teleskopla uzaktan gözlediğim olayın içinde yer alacağım. Umarım, bu sizi rahatsız etmez.

Rahatsızlık ne demek? Tam tersi, hoşuma gider. Sen, Ilgım'a ne kadar yakın olursan, bana da o kadar fazla bilgi verirsin. Bana sorarsan, onunla yakınlaşabileceğin kadar yakınlaş, rahatsızlık ne demek. Tam tersi...

Bu hafta, aslında benim açımdan yoğun bir hafta oldu. Zaten, sizin de bildiğiniz gibi, Cuma gününe kadar, Ender Ekin, Ilgım'la beraberdi ve açık söylemek gerekirse, onların aralarındaki ilişkiyi anlayamadım. Ama, bunu eninde sonunda, hem de Ilgım Halit'in ağzından öğreneceğim; emin olun.

Hafta başında hep atölyedeydiler. Ilgım, Ender'in

heykeliyle uğraştı ve sonunda da çok güzel bir eser çıktı ortaya. Dün gördüm ve bayağı etkilendim. Neyse, sırayla anlatırsam, daha doğru olacak.

Çarşamba günü, Ender Ekin'in sergi açılışında, Ilgım'la tanıştım. Kısa bir röportaj yaptım. Akşam evinde verdiği yemeğe ben de katıldım. O gün, eski bir arkadaşımın Ilgım Halit'le arkadaş olduğunu öğrendim. Daha doğrusu, Ilgım Halit'in kıyafetlerinin tasarımcısı Damla, eskiden benim yakın arkadaşımdı. Şimdi görüşmüyoruz. Daha önce olsaydı, ondan da bilgi alabilirdik. Ama şu an için mümkün değil.

Evet Seçkin, gördüğün gibi dünya küçük. Ama, rastlantılar her zaman bizim istediğimiz biçimde olmuyor. Gerçi ben, rastlantılara inanmam ama... Demek, Damla senin eski bir arkadaşın ve şimdi görüşmüyorsun...

Sergiden sonraki gün de, hep Ilgım'ın atölyesindeydiler. Cuma ise, Ender gidene kadar hiç durmadan konuştular. Birbirlerine çok yakınlar, ama söylendiği gibi sevgili olduklarından şüpheliyim. Çünkü, o hafta Ilgım kendi odasında, tek başına yattı. Sevgili olsalar, herhalde beraber kalırlardı. Gerçi, daha önce atölyede beraber kalmışlardı ama... Aslında bu konuyu ben de çözemedim. Yine de, içimden bir ses sevgili olmadıklarını söylüyor.

Seçkin, sen de bir karar ver. Bir sevgili diyorsun, bir değil. Demek ki, iki kişinin ilişkisini dışarıdan göründüğü şekliyle yargılamak, o kadar kolay değil.

Üstelik, sen dışarıdan değil, oldukça içeriden görüyorsun. Aslında, yargı tehlikeli bir silahtır, her an bize de çevrilebilir.

Cumartesi günü, ikide araştırmamla ilgili olarak Ilgım Halit'e gittim. Ben, patronuma ve çevreme bir araştırma yaptığımı söyledim. Başarılı insanların hayatlarındaki başarısızlıklarıyla ilgili ve bu konuda araştırdığım ilk çift de, doğal olarak Sedat ve Ilgım Halit. Ayrıca, Ilgım'a oturduğum daireyi de söyledim. Böylece, daha sık görüşebileceğim. Cumartesi günü, akşama kadar da Ilgım Halit'le beraberdim.

İyi, çok güzel de; bana mota mot ne yaptığını anlatacağına, onunla onca saat konuştuktan sonraki düşüncelerini anlatsan, daha iyi olacak. Umarım onları da yazmışsındır.

Ilgım Halit, ilginç bir kadın diyorum sık sık. Ama, gerçekten ilginç. Bukalemun gibi. Hangisi gerçeği, bilemiyorum ya da belki, hepsi... Yaşamı, çok fazla kendine dönük yaşıyor gibi hissettim. Dışarıdaki dünya onu ilgilendirmiyor. Ya da o, dünya ile kerhen beraber. Yine de sıcak, konuşkan, esprili ve zeki bir kadın. İnsanları etkilemeyi iyi biliyor, bunu nasıl yaptığını henüz anlamış değilim. Belki şöyle tanımlayabilirim: Bakarken bakıyor, dinlerken dinliyor, dokunurken dokunuyor. Bu tanım, size anlamsız gelebilir; ama başka türlü anlatamıyorum.

Evet, bakarken bakıyor da, acaba görüyor mu? Dinlerken dinliyor da, acaba anlıyor mu? Ve dokunurken dokunuyor da, acaba hissediyor mu? Ya da bunların hepsinin yanıtı evet olduğu için mi, sende böyle bir his bıraktı. Yine de, senin tanımını da sevdim. Bakalım, bugün atölyesinde onu izlerken neler düşüneceksin. Bunun yanıtı için, bir hafta beklemem gerekecek; evet, ama, sanki...

Size, fazla bir şey yazamıyorum. Sanırım bugün öğleden sonra, bazı soruların yanıtlarını Ilgım Halit'in kendisinden öğrenebilirim. Bu haftalık da bu kadar. Haftaya görüşmek dileğiyle...

Şimdilik Hoşça kalın.

Demek, bu haftalık da bu kadar. Ne yapalım, bu yol biraz uzun bir yol; ama en azından emin bir yol. Zaten, bu yolculukta benim yaptığım, sadece beklemek...

Hayatım, zaten hep beklemekle geçmişken; şimdi beklemekten yakınmam mümkün değil. Ne kadar çok şey beklemiştim bir zamanlar, tam beklemekten vazgeçtiğim anda da; beklemeyi öğrendiğimi anladım. Ne zor gelirdi bana sabretmek, beklemek... İstediğim her şey, istediğim anda olmalıydı. İstediğim bilgiye, istediğim zaman ulaşmalıydım ve istediğim zaman... Neyse ki, tüm bunlar çok, ama çok uzun zaman önceydi.

Şimdi, beklemenin keyfini yaşayarak bekliyorum. Merakı yaşıyorum. Ilgım'ı düşünüyorum. Hatta bazen Seçkin'i bile düşünüyorum. Aslında, yaptığı iş zor bir iş. Billiyorum ki, Ilgım mıknatıs gibidir ve ona yaklaşan her erkek, onun çekim alanına isteme-se de çekilir. Belki Seçkin... Neyse, şu an bunların benim için önemi yok. Önemli olan, bir hafta sonra yine elime alacağım zarf ve içindeki yazılar.

11

1 Haziran, Salı

Seçkin, gün ağarmadan uyandığında gözleri açık, geçen iki günü düşünüyordu. Yaşananlar gerçekten çok, bir düşü andırıyordu. Ilgım'a gittiği Cumartesi gününden itibaren kontrolü kaybettiğini düşünüyordu; olaylar, kendisi ve Ilgım bilmediği bir güç tarafından idare ediliyordu sanki...

Pazar gününü de, Ilgım'la beraber geçirmişti. Ilgım, atölyede onu divana oturtmuş ve ellerinin altına da büyük bir sehpa yerleştirip ellerine bakarak çamurdan bir şeyler yaratmaya başlamıştı. Bir süre sonra da, ellerine dokunmak için izin istediğinde

Seçkin, için için sevinmişti. O adamın bedeninde gezen eller, şimdi kendi ellerine dokunacaktı. Ve Ilgım ellerini onun ellerinde gezdirirken, kendini tutamamış Ilgım'ı öpmüş, Ilgım da kalakalmıştı.

Ilgım, saatlerce çamurla uğraşarak ellerini andıran, ama ellerinden farklı soyut bir heykel yapmış, bunun bitmediğini, bitirince bunu Seçkin'e armağan edeceğini söylemişti. O gün atölyedeki işleri bitince, bahçede akşam yemeği yemişler, yemek boyunca ve sonrasında da Ilgım kendisine fazla yaklaşmasına izin vermemiş, ama uzaklaştırmamıştı da.

Gece yarısına kadar konuşmuşlardı. Konuşacak bu kadar konuları olması, şaşırtmıştı Seçkin'i. Ilgım, nerede doğduğunu sorup, sonra da Küçükkuyu'yu anlattırmış ve sanki orada yaşamışçasına; balıkçı teknelerini, denizin kokusunu, zeytinlerin yeşilini, dağların türkülerini büyülenircesine dinlemişti. Zeynep'ten sonra, ilk defa bir kadın onunla Küçükkuyu'nun hayalini paylaşınca, şaşırmıştı. Büyükşehirde yaşamaya alışkın bir kadının, oralardan bunca etkileneceğini düşünmemişti. Oysa, Ilgım bir başka dinlemiş, bir başka hissetmişti... Sanki sözcüklerle duyuyor, dokunuyor, yaşıyor, hissediyor gibi...

Seçkin yataktan kalkıp, elinde sigarası ağaran günü seyrederken, odada bir aşağı bir yukarı dolaştı. Bugün ne yapacak, ne yapmalı, bilemiyordu. İçinde devamlı büyüyen adını koyamadığı o bunaltı... Hayır, aslında bunaltı değil, belki şaşkınlık... Şaşkınlık da değil, belki arzu... Yok yok arzu da değil, belki tutku... Peki ama bu bunaltı niye?.. Yüreğini saran o bunaltı... Ne yapmalı? Ne yapmak istiyor? Ne yapması gerekir? Hiçbirinin yanıtı diğeriyle kesişmiyor, her şeye rağmen onu istiyor ve istediğini kendinden hatta belki ondan bile saklayamıyordu.. Sıcaklığı, çıplaklığı, öpüşmesi, dokunması... Hayır, onu yaşamadan ondan vazgeçmek istemiyordu...

Sanki, ilk defa bir kadından bunca etkilenmiş gibi. Sanki içinde yıllardır aç kalan bir noktaya Ilgım dokunmuş gibi... Ağlamak istedi, hani annesi öldüğünde ağlayamadığı gibi, ağlamak ama şimdi.

Mutfağa gidip çayı demledi. Aslında canı şimdi çay değil de buz gibi bira istedi. Salonun camından Ilgım'ın evini seyretti. Dışarıda doğan güneş, güne şarkısını söylerken hiçbir şey duymak istemedi. Rüzgâra eşlik eden yaprakları gördüğünde, kuşların sesini duyduğunda, güneşin parlaklığına baktığında, içindeki arzudan başka her şey kayıp gitti; düşüncelerinden ve yüreğinden, ama...

Pazartesi günü, öğleden sonra beraberlerdi. Ilgım bir süre yine "eller" heykeli üstünde çalışmış sonra da beraber küçük bir Kafe'de akşam yemeği yemişlerdi. Gerçi ayrılırken, Ilgım onu evine davet etmemiş, bugün için de hiçbir şey söylememişti. "Arar mıydı acaba? Peki ya aramazsa? Bugün onun yanında olmak istiyorum, teleskopun aracılığı ile yaşamak değil, onu hissetmek istiyorum." Yine parçalara bölünmüştü, beyni başka, duyguları başka, arzuları bambaşkaydı. Ve bunların arasında tenis topu gibi bir o tarafta, bir bu tarafta...

Kahvaltısını yaptıktan sonra, erkenden gazeteye gitti. Daha Ilgım'ın güne başlamasına saatler vardı. Seçkin evde bunalmıştı.

Ilgım gece bir türlü uyuyamamıştı, bütün gece dönüp durmuştu yatağında ve erkenden kalkmıştı. Kendini uykunun aymazlığına bırakabilmek için uğraşıp durdu ama bugün uykuya sığınıp düşüncelerinden kaçamıyordu.

Üç gündür, zamanının çoğunu Seçkin'le geçirmişti. Seçkin!.. Ilgım korkuyordu, hem de ölesiye korkuyordu, ya yine aynı hayal kırıklığını yaşarsa? Zaten korktuğu için Sedat'la evlenmemiş miydi? Korktuğu için kendini kendi içine kapatmamış mıydı? Hatta korktuğu için, hazzı yaşamamayı seçmemiş miydi? Seçkin'le tüm korkuları yine karşısına dikilmişlerdi. Hissettiklerinin bir türlü adını koyamıyordu. İçinde bir yerler, acıdan ve korkudan kanarken, başka bir kısımda gürül gürül çağlayanlar akıyordu. Kendini bırakırsa eğer, o çağlayan onu öyle bir alıp götürecek ki, korkuyordu...

Ilgım onunla beraber olmak istiyor, Ilgım ondan kaçmak istiyor, Ilgım her şeyden kaçmak istiyordu. Geçmişinden, unutamadıklarından, toplumdan, yargılardan, sıfatlardan... Karışıklığı azalacağına, düşündükçe çoğalıyordu. Bunca yıldır duyularını dondurmayı başarmışken... Birdenbire, hem de Seçkin'e... Üç gündür her şey öylesine kendiliğinden, öylesine sürükleyiciydi ki, korkuyordu... Seçkin'in dudakları dudaklarına değdiğinde de korkudan öleceğini sandığı gibi...

Yatakta daha fazla oyalanamadı. Banyosunu sıcak su ve köpükle doldurup içine girdi. Bugün ne yapacaktı? Seçkin'le buluşacak mıydı? Dün ayrılırken bugünle ilgili ikisi de konuşmamıştı. Belki, ikisi de birbirinden beklemişti, belki de...

Ilgım'ın bedeni sıcak suyun etkisiyle gevşedi. Tenine dokunan köpükler; ama hayır artık bunlarla avunmak istemedi.

Ani bir kararla, duş alıp üzerine dümdüz bir elbise geçirdi, aşağıya indi. Seçkin'in ona verdiği numaralara baktı, "Saat ona geliyor, bu saatte onu gazeteden bulurum," diye düşündü. Numaraları çevirdi, acele etmezse her an vazgeçebilirdi.

Seçkin elektronik posta kutusuna gelen mesajlara bakarken, telefonu çaldı. Sekreterin söylediği isim, kalbini durduracaktı.

— Seçkin, merhaba.

— Merhaba.

— Şeyy, bugün vaktin varsa, yaptığım heykeli bitirmek için ellerine ihtiyacım var.

— Tabii. Yine öğleden sonra mı?

— Ne zaman istersen.

— Peki, bir saat sonra gelirim.

— Tamam, bekliyorum.

Ilgım telefonu kapattığında, ellerinin ıslaklığından ahize bile sırılsıklam olmuştu. Bir tek elleri değil, Ilgım'ın bütün bedeni ıslaktı. İşte sonunda yapmıştı. Bir saat sonra, Seçkin yanında olacaktı. Bu defa korkusuna yenilmemiş, kazanmıştı. Aliye'nin, "Ilgım, kahvaltın hazır," sesiyle gerçeğe döndüğünde...

— Aliye, kahvaltıyı topladıktan sonra, sen de gidebilirsin, bugün sana ihtiyacım yok.

Aliye, bir tuhaf baktı yüzüne, duydukları işine gelmişti ama. Aslında Ilgım arada yalnızlık krizlerine girer, o zamanlar Aliye'ye izin verirdi. Demek yine bunalmıştı. Tabii, ne zamandır Sedat da yoktu. Bazen acıyordu Ilgım'a. "Hadi benim kimsem yok, bunun çevresinde onca insan varken, bu kadıncağız..."

Aliye gittikten sonra, kendine soğuk bir limonata koydu. Bir yandan limonatasını içerken, bir yandan da camın önünde beklemeye koyuldu.

Seçkin telefonu kapattıktan sonra gülümsedi; kendine mi, Ilgım'a mı, olaylara mı?...

Demek ki bu sabah, Ilgım erken uyanmıştı. Seçkin hemen gitmek için kalktı, sonra vazgeçti, bu bir saati de gözlemeyiverirdi. Hem zaten, bugün yine Ilgım'la olacaktı. Evet ama, bu haftaki mektupta ne *yazacaktı,* bu olanları anlatabilecek miydi? Ya anlatacak ya da... "Şu anda bunları düşünmenin yeri ve zamanı değil." Araştırmamla ilgili de tek satır yazmadım. Denizanası, bugün yarın sorar ne oldu diye... "Neyse, şu anda bunun yeri olabilir, ama zamanı değil. Günlerdir uğramadığım evime gidip önce güzel bir banyo yaparım, sonra da üzerime rahat bir şeyler giyerim," diye düşündü. Yanında fazla giyecek götürmemişti. Bugün, rahat giyinmek istiyordu.

Ilgım üzerimi değiştirsem mi diye düşündü, camın önünde beklerken, sonra vazgeçti. Bugün olduğu gibi, hissettiği gibi yapacaktı, olması gereken gibi değil.

Seçkin'in taksiden indiğini gören Ilgım, hemen kapıya koşmak istedi. Sonra içindeki bu coşkuya güldü. Sanki Seçkin'in arabadan inmesi, bahçeye girmesi, merdivenleri çıkması ve kapıya ulaşması yüzyıl kadar sürmüştü. Sanki Ilgım yüzyıldır camın önünde, Seçkin'in evine gelmesini bekliyordu. Sanki, içindeki çağlayan yüzyıldır serbest kalmayı bekliyordu. Sanki yüzyıldır, Ilgım korkularına rağmen yaşamayı istiyordu ve yüzyıl yavaş yavaş şimdiye dönüşüyordu.

Ilgım kapıyı açtığında, Seçkin gülümsüyordu. İkisinin de davranışları yapmacıktı, ikisi de, sanki kendilerini bırakırlarsa olacaklardan ürküyordu, ikisi de, bu yapmacıklıktan huzursuzdu. Ama, ikisi de kendilerini rahat bırakamıyordu.

— İstersen hemen atölyeye inelim.

— Olur.

Seçkin'in ellerini tutup sehpaya koydu ve gözlerinin içine bakarak, usul usul okşadı ellerini... Seçkin kontrolünü kaybettiğini hissetti. Sanki, Ilgım'ın gözleri ve dokunuşu onun bilincini silikleştiriyordu ve...

İlk harekete geçen Ilgım oldu. Parmakları ile Seçkin'in dudaklarına dokundu. Önce işaret parmağı ile alt dudağını elledi. Biraz sonra öpeceği dudakların keşfini yaparmış gibi. İnce dudaklar hep hoşuna gitmiş, ancak öpüşme şansı hiç olmamıştı. Beraber olduğu erkeklerin dudakları, hep etli etliydi. Seçkin irkildi, bir kadın parmağı dudaklarını aralamış ve dudaklarının içini yokluyordu. Ilgım, bir eliyle Seçkin'in belinden yakalayarak çekerken, diğer eliyle de başını kavrayıp, dudaklarını öpmeye başladı. Seçkin, alt dudağının dişlendiği hissettiğinde yere yıkılacakmış gibi oldu.

Artık erkek gibi olması gerektiğini düşünen veya hisseden Seçkin, güç kullanarak Ilgım'ı yatağa doğru sürükledi. Bluzunun düğmelerini koparcasına sökerek çıkardı, dudaklarını Ilgım'dan kurtararak onun boynunu emmeye çalıştı. Kendini sevişmeye bırakmaktan çok, kadınlar bundan hoşlanır düşüncesiyle, yapması gerekenleri yapmaya çalıştı..

Ilgım çenesinin altında, ensesine doğru gitmeye çalışan ıslak dile ait kafayı, iki elinin arasına alarak, saçlarını karıştırdı. Seçkin de, erkeklerin pek çoğu gibi, Ilgım'ın sutyeninin arkasındaki kopçalarını bir türlü açamıyor, açamadığını da belli etmek istemiyordu. Bir tanesini güç bela açabildi, Ilgım'da kalanları hızla yerinden çıkardı.

"Memeler önce sıkılır mıydı, yoksa ellenir miydi? Burjuva kadınlar hangisini severdi?" soruları hızla geçti Seçkin'in aklından. Ve meme başlarını yavaş yavaş emmeye başladı. "Uçlarını ısırsaydı daha iyi olurdu, ama neyse" diye düşündü Ilgım.

Ilgım, Seçkin'in gömleğini çıkarmasına yardım etmedi. Bu yüzden de, gömleğinin kollarını çıkartmaya çalışan Seçkin kıvrandı durdu. Ilgım'ın bir memesini emmeye çalışırken, diğer eliyle de öbür memesini okşuyordu. Ilgım, elbisesini kolayca çıkarttıktan sonra, Seçkin'in pantolon kayışını açtı ve kendini Seçkin'in pantolon düğmelerini açarken yakalayınca bir anda duraksadı. Seçkin'in rahatsız olmaya başladığını anlamıştı. Seçkin, hızla pantolonunun düğmelerini kendi kendine çözdü. Zaten sutyeni çıkartamamıştı, bunu da Ilgım'a bırakamazdı.

İkisi de donlarıyla bir süre ayakta kalakaldılar. Kimin donu önce çıkacaktı!.. Ilgım önce çıkarırsa, çok mu istekli görünmüş olurdu? Seçkin önce çıkarırsa, erkekliğinin büyüklüğünü Ilgım başkalarıyla kıyaslar ve yetersiz bulur muydu?.. Ilgım bekledi ve Seçkin'in ellerinin donunu çıkartmasına izin verdi. Bu arada, Seçkin'in elleri kalçalarını da sertçe kavramış oldu.

Divana yattıklarında, Seçkin'in donu ve çorapları hâlâ üzerindeydi. Erkekler neden önce çoraplarını çıkarmazlar? Ve kendisi tümüyle çıplakken, neden Seçkin hâlâ beyaz donuyla?.." Ilgım düşüncelerini susturdu.

Sürtünme, Newton kanunlarını da yanına alarak, etki ve tepkiyi oluşturdu ve Ilgım, zevkle kıvranmaya başladı. Kadının ağzından çıkan kısık inlemeler, Seçkin'i çıldırtmaya yetti. Terlemiş vücudu, kadının teninin üzerinde kayıyor, hareketleri hızlanıyordu.

Ilgım, gene yetinmeye karar verdi. Seçkin bağıra çağıra gelirken, o da belki gelmişti.

"Her şey tamam da, sırtüstü yatmış, keyif sigarası içen Seçkin'in, üstelik de krem rengi olan çorapları çıkartılmış olsaydı, daha iyi olmaz mıydı?" Ya da şöyle düşündü Ilgım: "Hiç olmazsa, ince dudakları öpmüştü nihayet."

Ilgım'ın gözlerinden akan yaşları sildi Seçkin, ama ona neden diye sormak istemedi.

Ilgım gözlerinden akan yaşları fark etti, ama nedenini bilmek istemiyordu.

Uzun bir sessizlikten, bedenlerdeki terler, divandaki nem kuruduktan sonra, Ilgım divandan kalktı ve Seçkin'i de kaldırıp ellerini yine sehpanın üzerine yerleştirdi. Sonra da onun bakışlarına kahkahalarla güldü. İşte yine ellerini saçlarında gezdirebiliyordu. Kıvırcık uzun saçlarında...

— Çıplak durmak seni rahatsız eder mi?

— Bu saatten sonra hayır.

— Peki, benim çıplak olarak çalışmam.

— Tabii ki hayır.

— Hiç romantik değil, değil mi?

Gerçekten de, Seçkin biraz şaşırmıştı. Öyle bir sevişmeden sonra, Ilgım tek kelime etmeden kalkmış, sanki hiçbir şey olmamış gibi, heykel yapmaya başlamıştı. Ama davranışlarında öylesine bir doğallık ve bütünlük vardı ki düşündüklerini söylemekle susmak arasında...

— İtiraf etmek gerekirse, evet.

— Oysa ki, ben romantik olduğum için şu anda bu heykeli yapmak istiyorum. Bugüne kadar, bu heykelde sadece benim enerjim vardı. Oysa, şu andan sonra ikimizin. Yani bunu ikimiz yapmış olacağız.

— Nasıl yani?

— Şu anda tüm tenim, senin teninden bana gelen enerjilerle dolu, böylece şu anda ben, hem kendim gibi dokunuyorum, hem senin gibi.

Ilgım'ın sözlerine gülümsedi, duydukları mantıklı olmasa da, hoşuna gitti.

— Biliyor musun, cinsellik iki cins arasındaki en kutsal birleşme, aynı zamanda da en tehlikeli silahtır.

— Silah mı?

— Tabii, çünkü sen biriyle, özellikle de haz alarak birleşiyorsan o anda senin ve onun alt benlikleriniz de bilgilerini paylaşıyorlar. Tıpkı bedenler ve tinler gibi.

— Peki anlat bakalım, benden ne bilgiler aldın!

Seçkin'in sorusuna gülümsedi.

— Alt benliğim dedim, üst benliğim değil.

— Yani?

— Yani, alt benliğimdeki bilgilere ulaşamam.

— O zaman bunun böyle olduğunu nereden biliyorsun?

— Bak, cinsellikte kadın alıcı durumdadır ve bir erkekle birlikte olduğu zaman, onun alt benliğindeki bilgileri ve enerjisini aynen alır. Eğer sen nevrotik biriysen, ben seninle beraber olduktan sonra, nedensiz sıkıntılar hissedebilirim. Bu sıkıntı ya da aldığım her neyse, seninle beraber olma sıklığıma göre de etkisini arttırır. O nedenle, bir kadın için bedenini başka bir erkekle paylaşmak çok ciddi bir karar.

— Ilgım, benimle dalga mı geçiyorsun?

— Tabii ki hayır. Bu söylediklerim çok doğru. Her şey enerjiden oluşur. Bedenimiz, düşüncelerimiz, salgılarımız, korkularımız; ve cinsellik de yoğun enerji alışverişidir.

— Peki, sen bunları nereden biliyorsun?

— Çok eski bazı kaynaklardan diyelim.

— İlginç bir konu. Kaynaklarını bana da söylesene, iyi bir araştırma dizisi olabilir.

— Siz gazeteciler için tehlikeli bir konu. Zaten her şeyi saptırıyorsunuz.

— Neyi mesela?

— Mesela şu kadın dergileri, kadın cinselliği ile ilgili öylesine deli saçması yazılar yazıyorlar ki, kaş yapalım derken göz çıkarıyorlar. Erkeğinizi çıldırtmak için, yatakta yapmanız gerekenler. Sanki yemek tarifi veriyorlar. Kadınlar soğan, onları yuvarlak keserseniz; erkekler de patates, onları da küp şeklinde doğrarsanız ve ateşte on dakika pişirirseniz nefis bir patates yemeği olur. Bu büyük bir yanlış. Her kadın ve her erkek cinselliği farklı yaşar ve bunun doğrusu, yanlışı, reçetesi, tarifi olamaz.

— Evet ama, pek çok kadın kendi bedenine bile yabancıyken... Bence haksızlık yapıyorsun.

— Hiç de bile. Onları bedenleriyle tanıştırmanın yolu, tarif etmek değil, hissettirmek.

— İyi o zaman, her dergiyle beraber cinsellik sayfalarındaki bilgiler yerine, birer erkek mi verelim.

— Ha ha ha!... Kendi bedenlerini ancak kendilerine dokunarak, kendilerine bakarak, kendilerini severek hissedebilirler. Dokunmak... Bir bebeğe dokunur gibi, kendi bedeninin her noktasına dokunarak sevebilmek. Kendi bedenini tanımayan kendi bedenine yabancı olan, asla cinsellikten haz alamaz. Ve yaşananlar da, sürtünmeden doğan kimyasal boşalmadan öteye geçmez.

— Yani bir kadınla iyi yatabilmek için, iyi mastürbasyon mu yapmak lazım.

Seçkin, Ilgım'ın gerçekten öfkelendiğini görünce şaşırdı. Ama öfkelendiği zaman, Ilgım'ın mavi gözleri inanılmaz bir güzellikle parlıyordu. Sanki gözbebeğinin içinde bir ateş...

Ilgım konuşurken, elleri de yaptığı işi kusursuz sürdürüyordu.

— Çok güzelsin.

— Sağ ol.

Ilgım, biraz sonra yaptığı elleri bıraktı ve elini yıkayıp Seçkin'in yanına oturdu. Yine, gözbebekleri Seçkin'in gözbebeklerinde...

— Bunu yarın bitirip sana veririm.

— Bugün?

— Bugünü seninle geçirmek istiyorum.

Ilgım'ın dili, şimdi Seçkin'in teninde dolaşırken, Seçkin'in içindeki ateş sanki hiç sönmemiş gibi, tekrardan yanmaya başladı.

Ilgım, "Çok acıktım," dediğinde, akrep ve yelkovan akşamda durmuştu.

— Hadi yukarı çıkalım, burası serinledi.

— Tamam.

— Bu gece benimle kal!

Bu teklif Seçkin'in de hoşuna gitti, ama aklı çok karışıktı, öyle şeyler yaşanmıştı ki. Şimdi tüm bu olanların içinden nasıl çıkacaktı? Bu hafta sonu, mektuba ne yazacaktı? "Onun hakkındaki her türlü bilgiyi istediğiniz için, onunla yattım, hatta defalarca seviştim. Tabii bunun tek nedeni, size en doğru bilgileri verebilmek içindi" mi diyecekti? Ya Ilgım!!! Ilgım, aslında ben günlerdir seni izliyorum, yanılmıyorsam kocanla bir anlaşma yaptık ve ben seni izlerken senden çok etkilendim, sonra...

— Bu kadar zor bir soru mu sordum? Yoksa, erkekler literatüründe belirtildiği üzere "her kadınla yatılabilir, ama her kadınla uyunmaz" maddesindeki uyunamaz kadın durumunda mıyım?

— Kiminle yattığın değil, nerede uyandığın önemlidir.

Mutfakta yemeklerini yedikten sonra, yukarı yatak odasına çıktılar. Ilgım, tepsiyle kendine cin tonik, Seçkin'e de bira getirmişti. Günler önce, bu yatakta Ilgım ve Sedat Halit'i izleyen Seçkin, şimdi Sedat'ın yerinde yatıyordu ve yanında Ilgım... Kaçmak istedi, beyni zonk zonk zonkluyordu ve Ilgım...

— Seçkin iyi misin?

— Bilmiyorum.

— Ne var?

— Bilemiyorum, aklım karışık.

— Ne güzel, benim de!

Senin aklın tek bir nedenden karışık, o neden de kocan. Ama ya ben! Olayları sana bir anlatabilsem. Ama, yine de senin yanında bu yatakta olmaktan mutluyum ve burada olmak istiyorum, bir de sana anlatabilsem...

Ilgım, Seçkin'i seyretti. Onun bir şeylerden huzursuz olduğunu hissetti, ama sormak istemedi. Aslında tek istediği anı yaşamaktı. Şu anı!!! Bundan sonra olabilecek her şeyi göze almıştı, her şeye hazırlamıştı kendini, bu yaptığı seçimi ve tüm sorumluluklarını baştan kabul etmişti. Evet, bir kerelik bile olsa yaşamayı seçecekti. Dibine kadar, tüm arsızlığıyla yaşamak...

İçkileri bittiğinde de, bitmeden önce yudumlarken de, bu gece sessizlikti paylaştıkları. İkisi de konuşmak istemedi. İkisi de sevişmek istedi, ikisi de ayrı ayrı düşünmek istedi, ama uyku ikisinin de isteklerinin önüne geçip onları tutsak etti.

2 Haziran, Çarşamba

— Ilgım, Aliye kaçta geliyor?

— Sekiz gibi.

— Saat sekize geliyor. Ben gidiyorum.

— Nereye?

— Eve. Oradan da gazeteye.

— Akşam gelecek misin?

Seçkin, yarı uykuda konuşan Ilgım'ı alnından öptü. Savunmasız ve masum görüntüsüyle, bir kadından çok, bir bebeğe benziyordu.

Eve gidince, ılık bir duş aldı. Vücudunda oluşmuş morlukları görünce gülümsedi. Ne gündü ama. Ilgım... Banyodan çıkınca, kendine kahve yaptı. Kafası allak bullaktı.

Kahvesi ile salona girdiğinde ona sırıtan teleskoptan rahatsız oldu. "Kaltak," dedi içinden, "beni de baştan çıkardın." Şöminenin önündeki koltuğa oturmak istemedi, camın önünde yere oturdu, teleskopa da arkasını döndü.

Biraz önce yattığı eve, şimdi uzaktan kedi gibi bakıyordu. İşin kötüsü, daha şimdiden Ilgım'ı özlemişti. Kokusunu, tadını, sesini, dokunuşunu... Hayır, onunla yaşadıklarından sonra, ondan vazgeçmek istemiyordu.

Şimdi, öyle bir mucize olmalıydı ki, bu büyü hiç bozulmadan tüm taşlar yerlerine oturmalı ve yaşam mutlu... Bu mucizeden bile zordu. Macera, heyecan derken tam bir kördüğüm yaratmıştı ve o düğümün boğazına dolanıp onu öldürmesinden korkuyordu.

Ne yapacaktı şimdi? Ne yapmalıydı? Ne yapmamalıydı?

Pencereden bakmak, onu iyice bunalttı. Sanki güneş camı şişiriyor ve şişen cam bir rahim gibi Seçkin'i oturduğu yerden içine doğru çekiyordu. Güneş bu olanlara yol açtığı için memnun gülümseyerek onu seyrediyordu.

Seçkin giderken, Ilgım da uyanmıştı, ama yataktan kalkmak istemedi. İşte, sonunda istediğini yapmıştı. Evet, güzeldi. Hayır, eksikti... Bile bile denemek istemişti, belki diye. Oysa yıllar önce, "Benim yaşattığım hazzı başka hiçbir erkek sana yaşatamayacak," dememiş miydi, ayrılırken Ilgım'a. Geçen onlarca yıl, onu haklı çıkarmamış mıydı? Ondan sonra, birlikte olduğu erkeklerden zevk almıştı, orgazm olmuştu. Ama haz... Peki ya Seçkin'le?

Hayır? Ama? Belki?..

Biraz daha uyumak, hiç olmazsa öğlene kadar uyuyabilirse. "Öğleden sonra, Aliye'ye izin veririm. Hafta sonuna kadar gelmesin. Önümüzdeki hafta sonu da, Sedat'ın yanına giderim. Bu haftayı Seçkin'le geçiririm. Sonrası..." Şimdi geleceği düşünmek istemedi. Önce uyumak, sonra Seçkin'i aramak, daha da sonra Seçkin'le olmak...

Kendini ne kadar zorladıysa da uyuyamadı. Kalktı. Canı kahvaltı yapmak da istemedi. Aliye'ye, "Bugün öğleden sonra gidebilirsin, Pazartesiye kadar da izinlisin," dedikten sonra çayını koydu. Atölyesine indi. Seçkin için yaptığı heykeli bitirip bugün ona verecekti.

Şimdi ellerinde, biçimlenmiş Seçkin'in elleri vardı. Gerçi artık onun ellerine de benzemiyordu, ama ikisi biliyordu gerçekte ne olduğunu. Nefes almadan çalışarak, bitirdi "eller" heykelini. Baktığında, evet baktığında bu heykel ona öylesine çok şey anlatıyordu ki, içinde öylesine çok gizi barındırıyordu ki. Bunu Seçkin'e vermekten hem mutlu olacaktı, hem de mutsuz. Tıpkı, yıllar önce onun söylediği gibi...

Ilgım bak, heykel yaparken elindeki madde her ne ise mermer, kil... onu benim bedenim gibi düşün ve ona bana dokunduğun gibi dokun anlıyor musun? Beni ısırırkenki hırsını etimin tadını hissettiğin gibi, dokunarak elindeki maddenin tadını hissetmelisin? Okulda yontma ile ilgili sana söylenen her şeyi unut. Heykel yaparken yaratıyorsun, tıpkı benimle sevişirken, yeni bir enerji yarattığın gibi.

Heykelini yaparken, şehvet duyman gerekir. Tıpkı kadınlığını yaşayabilmen için de, içindeki şehveti ortaya çıkarman gerektiği gibi. Cinsellik, bedenin, ruhun ve haz bunların hepsi bir bütün, bu bütünü yakalarsan tüm hayata bakışın değişir. Şimdi, şu mermere bana dokunduğun gibi dokun, hadi korkma!!!

— Sana bunları kim öğretti ?

— Bunları bana... Ben çok şanslı bir erkeğim. Çünkü bana, cinselliği de, kadınlığın ne olduğunu da, erkekliğin ne olduğunu da, bir kadın; kadınlığını sonuna kadar yaşamış, gerçek bir kadın öğretti. Bizim ülkemizde, din baskısı olmadığından, bazı bilgiler antik zamanlardan bu zamana kadar gelebilmişti.

— Peki, ama neden başkası ile seninle yaşadığım cinselliği yaşayamam.

— Çünkü, insanlar hazzı bilmiyor. Hazzı yaşamadan, başkasına yaşatamazsın ve haz uyuşturucu gibidir, bir kere tadını aldın mı, seni nerelere kadar sürükler bilemezsin. Tabular, inançlar, iğrençlikler hepsi ortadan kalkar, düşünebiliyor musun? Ve hâlâ benimle devam etmek istiyor musun? İyi düşün, benden sonra erkeklerle birlikte olduğunda bedenin hazzı bildiği için onlarda alışkanlık yaratacaksın. Neden etkilendiklerini bilmeyecekler, ama senden vazgeçemeyecekler. Tekrar söylüyorum, bu gerçek bir silah, hem de kadınların lehine bir silah. Tarihe bak, benim söylediklerimi yapabilen pek çok kadın bulacaksın. Ve kutsal kitaplara bak, tüm yasaklar, zevke ve kadına yöneliktir. Çünkü eskiden, çok eskiden, benim sana anlattıklarımdan daha da öte bilgiler mevcuttu, ama onların çoğu ya yok edildi ya bozuldu. Gerçek bir kadın, tüm dünyayı yerinden oynatabilir, istemesi yeterli. Bana inan.

— Bu sözleri bir erkekten duymak çok ilginç.

— Neden? Ben güçsüzlüklerimi çok iyi bilen ve kabul eden bir erkeğim. Daha benim ne demek istediğimi anlamıyorsun. Dedim ya, bana her şeyi gerçek bir kadın öğretti. Ben, kadının ne demek olduğunu yaşadım ve teslim oldum.

— Yani, şimdi ben de mi öyle olacağım?

— Hayır, ama çevrendeki pek çok kadından daha fazla kadın olacağın kesin. Onun gibi olabilmen için çok çok öteleri yaşaman gerekir ki, ben buna cesaret edemem.

— Neden?

— Belki yaşadıkça anlayacaksın, neyi anlatmak istediğimi ve zaman geçtikçe anlayacaksın. Sözcüklerle anlatamam, keşke anlatabilsem. Ama bu imkânsız, ileride sen de yaşadıklarını anlatmakta ya da tanımlamakta zorlanacaksın. Çünkü bazı gerçekler sadece hissedilir ve yaşanır ama sözcüklere dökülemez. Senin ülkende, erkekler ilk cinsel tecrübelerini genellikle nasıl yaşarlar biliyor musun?

— Evet. Orospularla.

— Yani, para karşılığı kadın satın alırlar.

— Evet, öyle.

— Hayır Ilgım, öyle değil. Hiçbir orospu ya da kadın, para karşılığı kadınlığını satmaz. Onlar, sadece erkeklere erkekliklerini satarlar ve cinsellik bir güç simgesi olur. Sonra da bunu öğrenen erkekler karılarına, sevgililerine böyle yaklaşırlar anlıyor musun?

Kaç yıl geçti bu konuşmanın üstünden. Kaç erkek, kaç umutsuzluk, kaç mutsuzluk. Ama bu konuşma kelimesi kelimesine aklımda. O zaman, onu anlayamamıştım ya da ciddiye almamıştım ama ondan ayrıldıktan sonra, tüm yaşadıklarım onu doğruladı. Tüm araştırmalarım, tüm gözlemlerim ve kendi bedenim, hep onu doğruladı. Kim bilir, o şimdi kendi ülkesinde neler yapıyordur? Belki de, şu anda başka bir kadını kadınlığa götürüyordur. Kim bilebilir ki?

Ilgım, elinde bitirdiği heykel, Seçkin'i cep telefonundan aradı.

— Merhaba.

— Kalktın mı?

— Elleri bile bitirdim. Gazeteden kaçabilir misin?

— Ne zaman?

— Hemen.

— Tamam, yarım saat içinde geliyorum.

Ilgım, telefonu kapattığında canı çılgınlık yapmak istedi. Evet, çılgınlık!!! Ama, bu isteğinin ne olduğunu bulamadı. Çağlayan setlerini yıkmıştı artık... Seçkin geldiğinde, onu kapıda bekliyordu.

— Hadi, hemen gidiyoruz.

— Nereye?

— Havaalanına.

— Nereye?

— Havaalanına.

— Ilgım, iyi misin?

— Evet, bugün iki uçağıyla Edremit'e uçuyoruz. Oradan da bana anlattığın Kaz Dağlarındaki otele gidiyoruz ve Cuma'ya kadar orada kalıyoruz. Her şey hazırlandı.

— Ilgım sen ciddisin.

— Evet, çok ciddiyim. İşini ayarlayabilir misin?

— Ayarlarım da...

— Hadi o zaman, hemen bavulunu hazırla!

Seçkin'in şaşkınlıkla kalakalması, hoşuna gitmişti Ilgım'ın.

— Bir dakika, eve giderken bunu da götür!

Ilgım, bitirdiği "eller" heykelini uzattı. İki avuç üst üste gelmişti ve ortadaki boşluk...

— Bu boşluk! Çağrıştırdığı...

— Senin için, seninle yapıldı, unutma!

— Ilgım!..

— Hadi, konuşmayı bırak, hemen bavulunu hazırlayıp gel. Seni bekliyorum.

Seçkin, evden çıkıp karşıya geçtiğinde, Ilgım pencereden onu seyrediyordu. Apartmana girdi. Şimdi ne yapacaktı? Yanında fazla giysi yoktu, mayosu yoktu, bu kadın gerçekten de çılgındı. Oysa dışarıdan, son derece sakin görünüyordu. Dışarıdan...

Seçkin bu eve getirdiği birkaç parça eşyasını, yine bu eve getirdiği çantaya koydu. "Mayomu bulamadım," diyecekti. Zaten topu topu iki gün kalacaklardı. Gazeteye ne diyecekti? Rıfat onu idare edebilirdi.

— Rıfat, selam.

— Ne var oğlum?

— Rıfat ben iki uçağıyla Edremit'e gidiyorum ve Cuma döneceğim, beni idare et!

— Hayrola, sizinkilerle ilgili bir sorun mu var?

— Hayır, onların haberi olmayacak.

— Peki, o zaman ne diye gidiyorsun?

— Dönünce, sana söz veriyorum, her şeyi başından sonuna kadar anlatacağım ama lütfen şimdi soru sorma!

— Tamam allahın cezası, tamam. Ben hallederim.

— Sağ ol, sana güvenebileceğimi biliyordum.

Uçağa bindiklerinde ikisi de kıkırdıyordu. Sanki ikisi de on beş-yirmi yaşlarına geri dönmüşlerdi.

— Ilgım, bu oteli nereden buldun?

— Benim çok yakın bir arkadaşımın turizm acentesi var, o yardımcı oldu.

— Peki, nereden aklına geldi?

— Bilmem, seninle hiç bilmediğim bir yerde olmak istedim ve oraları sen öylesine güzel anlatmıştın ki...

— Aklına esen her şeyi yapar mısın?

— Çok çok eskiden evet.

— Sonra ne oldu?

— Korktum.

— Korktun mu?

— Evet, insanların acımasızlığından ve yargılarından korktum.

— Peki, ya şimdi?

— Hâlâ korkuyorum, ama bu korkunun içimi öldürdüğünü anladım.

— Meydan okuyorsun.

— Hayır. Ama, artık insanların yargıları beni ilgilendirmiyor.

— Neden?

— Eskiden onların yargılarına verdiğim değeri, şimdi kendi duygularıma vermeye karar verdim. Yoksa, yavaş yavaş yok oluyorum.

— Anlıyorum, ama...

— Ama, değil mi? Hep amalarla yaşıyoruz zaten, sonra birisi kendi için amalarını sildiğinde de, onun canına okuyoruz. Çünkü, aslında onu kıskanıyoruz ve yaşayamadıklarımız için kendimize kızacağımız yerde, onu yargılıyoruz.

— Neden ciddi bir şekilde heykel yapmıyorsun?

— Ben heykellerimi çok ciddi yaparım.

— Ilgım saptırma, ne demek istediğimi anladın.

— Anlaşılmak bir lükstür.

— Ilgım!!! Neden heykel yapmıyorsun?

— Yapıyorum.

— Meslek olarak diyorum.

— Çünkü, sana daha önce de söylediğim gibi bu bana özel bir yolculuk. Aslında ben heykel yaparken ellerimle ve yaptığım her ne ise onunla sevişiyorum anlıyor musun? Seninle seviştikten sonra, kalkıp heykel yapmam da o yüzdendi. O enerjiyi devam ettirmek ve ölümsüzleştirmek gibi bir duygu.

— Çok fazla anladığımı söyleyemeyeceğim. Yani senin için, heykel yapmakla benimle sevişmek aynı şey mi?

— Hem evet, hem hayır.

Otele geldiklerinde, Ilgım manzara karşısında büyülendi. Otel Kaz Dağlarının arasında, tüm etrafı ağaçlarla kaplı, ufak bir şelalenin kenarına yapılmıştı. Müşteri kapasitesi de oldukça sınırlıydı. Eşyalarını, odalarına bırakıp hemen otelin bahçesine indiler.

Duyulabilecek o kadar çok, ama o kadar az ses vardı ki. Ağaçların yapraklarının sesi, şelalenin sesi, kuşların sesi ve rüzgârın sesinin dışında; alışılmış tek ses yoktu. Ne insan sesi, ne korna sesi, ne de... Sanki, burası dünyanın dışında, başka bir gezegene aitti. Yeşilin tonları, havanın kokusu ve huzur... İnsanların olumsuz enerjileriyle kirlenmemiş bir huzur. Burada kelimelere, müziğe, heykele, hiçbir şeye ihtiyaç yoktu. Burada...

6 Haziran, Pazar

Seçkin, gazetedeki odasında, önünde bilgisayarı, kukumav kuşları gibi düşünüyordu. Dört gündür düşünmediği her şeyi, düşünmek zorunda kalıyordu. Üç gün, Ilgım'la Kaz Dağlarının arasında küçük bir otelde kalmış; Cuma yerine Cumartesi dönmüşlerdi. Ve şimdi, bilgisayarının başında ne yazacaktı Seçkin? Ne yazabilirdi?

"Çarşamba günü, Ilgım'la beraber Kaz Dağlarında, bir otelde kaldık. Gündüzleri Küçükkuyu'yu, Behram'ı, Ayvacık'ı gezdik. Geceleri seviştik. Anlatılması zor, ama büyüleyici bir üç gün yaşadık. Bugüne kadar yazdıklarımın hepsini unutun. Ilgım, onların hiçbiri değil. O müthiş bir kadın, hani hep tuhaf diyordum ya, yanılmışım. Belki farklı, ama tuhaf değil. İtiraf etmeliyim ki, büyüleyici. Sanki, içinde bir ateş var sizi çeken ve siz ona yaklaştıkça çekimi artan bir...

Çok zeki ve duyarlı bir kadın. Biliyor musunuz? Tüm duyularını kullanıyor. Hepimiz kullanıyoruz gibi geliyor. Ama hayır, onunla olduğumda; aslında beş duyumu da gerçekten kullanmadığımı fark ettim. Yemek yerken, her lokmanın tadını almak; dokunurken, dokunduğunun bilincinde olmak. Bakarken görmek; kokladığın zaman, kokuyu anlamak. Ve tüm bunlarla, beş duyuyla birlikte sevişmek. Onunla sevişmek, dua etmek gibi arındırıcı, bütünleştirici; sanki sevişirken her şey ben oluyorum ve her şey o oluyor; ibadet gibi...

Ve size söylemem gerek, ben o kadına âşık oldum. Ben, o kadını istiyorum. Ve benim, o kadından vazgeçmem, artık mümkün de;ğü. Şimdi, ne yapmam gerek? Bunu, bana belki siz söylersiniz. Çünkü, tüm bu işleri başıma siz açtınız."

Böyle mi yazacaktı? Seçkin avaz avaz bağırmak istedi. Ne yapması gerektiğini bilemiyordu. Ve bu oda, bilgisayar, masa, hepsinden kurtulmak... Sanki, odadaki her şey dile gelmiş; ona hesap soruyordu. Sanki...

Pencereden dışarıya baktı. Onun içinin bunca bunalmışlığına inat; güneş şıllık gibi gülümsüyordu. Rengarenk çiçekler, onun tutsaklığını anımsatıyordu. Evet, o bir tutsaktı. Ilgım'a tutsak. Mektuba tutsak, bunaltısına tutsak. Kuşları da duymak istemedi, ona söyleyemeyeceklerini anlatan. Keşke, o da şimdi bir plazada çalışıyor olsaydı. O zaman, çiçekleri ve kuşları görmez, hatta sıkıntısını da, binadaki spor salonunda spor yaparak azaltırdı. Oysa, şimdi çiçekler ve kuşlar... Keşke, keşke plazaların o soğukluğunda çalışsaydı, belki içi bu kadar üşümezdi.

12

Öldür sesleri
Parantezleri kaldır
Ötesi
Yaşadığın hazdır

Evet evet, işte yine elimde mektup ve yine Ilgım'la aramda, satırlar buluşmayı bekleyen.

Ben kim miyim? Bilmem? Belki de hiç kimseyim, belki de hiç olmayan düşüncelerim. Belki de bir kahraman! Evet evet, ben bir kahramanım; yemeden, içmeden, yatmadan, kalkmadan, giyinmeden, seksten önce; hep düşünceleriyle uğraşan bir kahraman...

Evet evet, işte yine elimde mektup, beni var etmek için bekleyen.

Ben kim miyim? Bilmem? Belki de ben, sık sık doğanlardan biriyim. Hatta, bazen günde bir-iki kez dünyaya geldiğime yemin edebilirim, Hem de, tek ayağımı bile kaldırmadan. Aslında, belki de hiç doğmadım ve bu mektup, mektubun satırlarıyla var olacağım. Ya da hiç olamayacağım. Çünkü yokum.

Evet evet, işte yine elimde mektup; beni hayatın süprizleriyle buluşturan.

Şaşırmayın!!! Ben bilinmezleri severim, bilinmez olmayı mesela... Düşünsenize, sonu hep süprizlerle dolu yaşanmışlıklar... İyi-kötü, güzel-çirkin, acı-tatlı sürprizler ve biinmezler. Hem, önemli olan son da değil, sürprizin kendisi... Uçuk kaçık düşüncelerin içindeyim. Yine elimde bu mektup. Onu hemen okumayacağım. Bu heyecanı, biraz daha yaşayacağım.

Evet evet, işte yine elimde mektup; beni özgürleştirecek.

Ben kim miyim? Belki de adım sürpriz? Gördünüz mü? Ben doğmadan önce, adım doğmuş oldu. Neyse ki doğum sancısız oldu. Ama, belki de doğmuşumdur da, farkında değilimdir. Onca yaşadığını sanıp da, hiç yaşayamayan varken; bu da garip sayılmaz değil mi? Bu tarzı biraz itici mi buldunuz? Kendi acayip sorularına sizi de ortak eden, garip birinin elindesiniz şimdi. Aslında, hiç soru sormadan; bu mektubu açıp, güzel ve etkileyici cümlelerle sizi rahatlatabilirim. Ama, bu noktada yağma yok çünkü, bu hep yapılıyor. Hep yapıyoruz. Evet, maalesef bunu ben de yapıyordum, bu serüvene başlamadan önce. Belki de doğmadan önce.

Evet evet, işte yine elimde mektup. Belki de korkularımı giderecek.

Evet şimdi... (Şu an için, sonrasına garanti veremem) Korkunun üzerine gitmeyi seviyorum. Hep kaçmaz mıyız; sorgulardan, sorulardan hatta benliğimizden... Ama ben, onları arıyorum ve şimdi bu mektup ve Ilgım'la adım adım yaklaşıyorum; nereye mi?

Evet evet, şimdi mektubu açıyorum. Ve satırları ve Ilgım'ı ve Seçkin'i ve kendimi var ediyorum.

Merhaba,

Aslında bu mektup, size yazdığım mektupların içinde benim için en zor, en bitimsiz ve beni en çok bunaltanı oldu. Satırlar, sanki asırlarla yazıldı ve kelimeleri asırlar öncesinden yüreğimde taşıdım.

Prensip olarak, başladığım işi yarım bırakmam. Ama, sizinle yaptığım bu anlaşmayı yarım bırakmak zorundayım. Çünkü, bu iş benim boyumu kat be kat aştı ve artık yapamıyorum.

İşte gerçek bir sürpriz! Demek, Seçkin beni yarı yolda bırakıyor. Belki de, yolun sonuna geldiğimi anımsatıyor. Oysa ki, Ilgım'a dair ne çok yanıtsız soru vardı kafamda. Belki de sorular da yoktu, ben zorla yaratıyordum. Evet evet, neden olmasın, belki de...

Hani, çok bildik bir söz vardır ya; insanın başına ne gelirse; ya meraktan ya da... Galiba, benim duru-

mum da böyle bir durum. Merakımla girdiğim bu iş, artık benim için ıstırap haline geldi.

Öncelikle, benim adıma yatırdığınız paraları; hamiline diye yeni bir hesaba aktardım. Ve o cüzdanları da, size bu mektupla gönderiyorum. Evinizin anahtarını da, bu akşam kapıcıya bırakacağım. Yani siz bu mektubu okurken, ben artık kendi evimde olacağım.

Evet evet, Seçkin ciddi. İşi bırakıyor. Ve deminden beri, okuduğum satırlarda Ilgım'a dair tek bilgi yok. Acaba, benim gözümden kaçan bir durum mu var?

Size, geçen hafta ile ilgili bilgi vermem söz konusu değil. Çünkü, Ilgım hafta ortasında Ankara dışına çıktı. Onu takip edemedim. Bir tek bildiğim, Edremit uçağına bindiği ve oradan da Cumartesi akşamı döndüğü. Hafta başında, Ilgım'la görüşmüştüm. Ama, o görüşmelerimizde de, benim ellerimin heykelini yaptı. Fazla da konuşmadı. Kendiyle ilgili bilgi vermekten hoşlanmıyor. Aslında, Ilgım için en doğru tanım; onunla ilgili neyi, ne kadar ve nasıl görmemizi istiyorsa, bize onu gösterdiği. Evet, bugüne kadar onunla ilgili size söylediğim en doğru söz bu.

Evet, güzel bir tanım. Aslında, hepimiz böyle değil miyiz? Kimimiz başka türlüsünü bilmediğimiz için, doğumdan ölüme kadar, bizden istendiği ve beklendiği şekilde kendimizi var etmeden, yok ederek yaşamıyor muyuz? Kimimiz de, başka türlüsünü bildiğimiz halde, kendimizi korumak adına, roller oynamıyor muyuz? Sözler mükemmel, eylemler sıfır. Avuntumuz, var olduğumuz kandırmacası.

Bilgisayarın ekranı karşımda, 'hadi yaz yaz' diye bağırırken; Ilgım Halit'le ilgili bu son mektubumda, size neler yazabilirim diye de düşünüyorum. Ilgım'ın hayatının içinde, üçüncü bir gözken, onunla ilgili gözlemlerimin, doğru ve yanılmaz olduğu inancı vardı içimde. Onu, bir gölge gibi izlerken, her şeyi anladığımı, anladıklarımla da onu tanıdığımı düşünmüştüm. Ama, onunla tanışınca, gözlemlerimden çıkardığım sonuçların, aslında ne kadar yanıltıcı olabildiğini gördüm ve... Evet, bu beni çok korkuttu. Çünkü, ben mesleğim gereği yargılara ve sonuçlara alışığım. Oysa ki, söz konusu bir insan olduğunda, anlamayı, tanımayı ne kadar ucuzlattığımıza aydım. Ve bu hiç hoşuma gitmedi.

Evet, senin akıllı bir adam olduğunu biliyordum ve bunu bana her mektubunda ispatladın. Oysa, yaşarken hepimizin dilimize pelesenk ettiği "karşındakini ancak kendin kadar, kendini bildiğin kadar, kendi şartlanmışlarının çerçevesinde tanırsın" tümcesini, hayata geçirmeyiz. Ne de olsa bizler insanız! Ve 'gibi' yaparız... Güzel ve büyük laflarla, etrafımızdakileri etkiler, sonra da söylediklerimizin tam tersini yaparız. Ama, ne de olsa bizler de insanız.

Her şey sona erdiğine göre, sizin kim olduğunuzu öğrenmek istiyorum. Bunu, iki nedenle öğrenmek istiyorum. Birincisi, merak ediyorum. İkincisi de, hazır-

ladığımı söylediğim yazı dizisinde; –böyle bir dizi hazırlamak zorundayım!– Ilgım ve *Sedat Halit'le ilgili bilgilerden, kullanmak istediklerimi sizinle konuşmam gerekiyor.*

Demek, benim kim olduğumu merak ediyorsun ve elindeki bazı bilgileri de yazı dizisinde kullanmak istiyorsun. Benimle tanışmak, en doğal hakkın, ama...

Evet, amalı bir durum bu...

Size, daha fazla yardım edemediğim için üzgünüm. Ve size, bir teşekkür borçluyum. Çünkü, tüm bu süre içinde, ben de kendi içimde bilmediğim boyutlarıma dokundum. Görmek istemediğim kendimi, görmek zorunda kaldım. Bu beni yaşarken sinirlendirdiyse de, şimdi zenginleştiğimi, itiraf etmek zorundayım.

Sizden, sizinle buluşmak için, en kısa zamanda yanıt bekliyorum.

Şimdilik hoşça kalın.

Evet, sana en kısa sürede randevu vereceğim. Nasıl olsa bu durum benim için de bir son...

13

HERHANGİ BİR YERDE,
HERHANGİ BİR ANDA,
HERHANGİ BİR KADINDAN,
HERHANGİ BİR ADAMA:

Hayatım boyunca ne yaptıysam ya da ne yapıyorsam varlığımı, varoluşuma dönüştürmek için yaptım. Başkalarının onaylarından etkilenmemek ve onaylanmaya ihtiyaç duymamak için, bencil olmayı öğrenmek zorundaydım. Attığım her adımın sorumluluğunu aldım. Bir şeyi gerçekten istemenin çok, ama çok büyük bir sorumluluk olduğunu biliyordum çünkü. Kendimi hiç kandırmadım. Yaptıklarıma duygu-

sal yüklemelerde bulunmadım. Ben gerçeği istedim. Ve gerçeği bedenimde, bedenimle, bedeninde aradım. Ruhunu satmanın, dünyanın en kolay işi olduğunu biliyordum. Tıpkı bedenini satmanın asla mümkün olmadığını bildiğim gibi... Ruhumu korumanın savaşını verirken, varoluşun ayrıcalığını yaşamak için bedenimin de gizlerini keşfetmek zorundaydım.

Bak bana, şimdi ne görüyorsun, beni mi?

Peki ya, bir saat önce gördüğün kimdi, ben mi?

Sana, bir fidan varoluş getirmiştim, bilincimin en gizli köşelerinden; yapraklarında özgürlüğüm, çiçeklerinde meydan okuyuşum saklıydı. Hayata meydan okumadan, öyle çok anlar tüketmiştim ki, onlardı sana demetlediğim.

Sana, bir fidan bilinç getirmiştim; yapraklarında farklılığım saklıydı, çiçeklerinde bildiklerim. Bildiklerimi yaşamayalı, öyle çok zaman olmuştu ki, onlardı sana demetlediğim.

Sana, bir fidan Kadın(lık) getirmiştim; yapraklarında doğanın tüm gizemi saklıydı, goncasında ben!..

Sen de onu yeşertemedin ve beni keşfedemedin...

14

9 Haziran, Çarşamba

Başkentin hep kalabalık, hep gürültülü, hep koşturmacalı bulvarının kenarındaki gülen bina; bu günlerde Seçkin'e somurtkan görünüyordu. Ve gazete binasının önüne geldiğinde, hep gülümseyen Seçkin, artık somurtuyordu. Çünkü, bugünlerde ne kuşları duyuyordu, ne de çiçekleri görüyordu. Aklında, bir tek Ilgım vardı, onu da dört gündür bulamıyordu.

Odasının kapısını açınca, yüzünü buruşturamadı. Odanın içindeki ekşi sigara kokusu, tıpkı ruhu gibi kokuyordu. Odasına girdiğinde, artık tutuklandığı hissini de yaşamıyordu. Çünkü, tutuklanmışlık onun vazgeçilmezi olmuştu. Ve bilgisayar ve müzik ve temiz hava, bu hissi azaltmıyordu.

Bu küçücük odada, kibrit kutusuna kapatılmış, ölü bir örümcek gibi hissediyordu kendini. Eğer yaşayabilseydi, şimdiye kadar örülmüş ağların ötesinde, ağlar örebilecekti. Ama, artık yaşamıyordu, sanki...

Kâğıtlar, kitaplar, gazeteler ve gene kâğıtlar; karmakarışık bir halde, masasına kümelenmişti. Sekreter, yeni gelen mektupları, eğer masasındaki evrak kutusunun üstüne koymak yerine, masaya bırakırsa, yine onları fark etmiyordu. Neyse ki, mektupları evrak kutusundaydı. Mektuplar, masası, kâğıtlar; canı sıkıldı...

Gazetedeki koşturmaca başlamıştı yine. "Acil! Çabuk! Hâlâ burada mısın! Ahmet!" seslerine, hiç durmayan telefonun zilleri, dırt, dırt, diyen yazıcıların mekanik sesleniişleri ekleniyordu. Kaos, panik ve teknolojiyle dansı sürdürüyordu...

Masasına oturduğunda, artık bunalmışlar bataklığına iyice batmıştı. Evrak kutusundaki zarfları eline aldı. Elleri... Ellerine baktı, "eller" heykeli, bir de Ilgım geldi aklına. Neden telefonlarına yanıt vermiyordu? Neden o tatilden sonra ona ulaşamıyordu? "Bu ellerle, çok iyi ressam olmasan da, ressamlara çok iyi model olursun," demişti ortaokuldaki hocası ve resim derslerinde de, sık sık onun ellerini çizdirmişti. Tıpkı, Ilgım'ın da onun ellerinin heykelini yaptığı gibi... İnce, uzun parmakları, teninin beyazlığı ve geniş tırnaklarının pembeliği; sanki ellerine her gün birileri bakım yapmaktaydı. Beraber olduğu kadınlardan da, sık sık aynı sözleri duymaya alışmıştı: "Ellerin öylesine güzel ki, bu parmakların dokunuşlarını tatmak isterim..." Gülümsedi. Artık biliyordu, Ilgım'dan önce hiçbir kadına gerçekten dokunmadığını kabul etmişti. Gülümsedi. Elleri...

Yığılan zarfları açmaya koyuldu. Aslında gelenler dünkülerden farklı değildi ya da yarın geleceklerden. Tek fark, Seçkin dünkü gibi değildi ve artık yarından da emin değildi. İsimler, konular, yerler değişse de içerikleri değişmezdi gelenlerin. Aynılara hapsolmuş bir muhabirken, şimdi Ilgım'a tutsak olmuştu. Heyecanlı, hareketli, bol sürprizli olduğu için seçtiği mesleği sayesinde atıldığı macera, heyecanını arttırmıştı; ama şimdi duygularını tüketiyordu. İşte haberin içinde olmuştu, hatta haber bile olabilirdi, duygulanmıştı. Vücudundaki atomların bile hareket ettiğini hissetmişti... Açtığı her zarf, onu haftalar öncesine götürürken, bıkkınlığını arttırıyordu. Son zarfı da, işte bu ruh haliyle açtı, okumaya başladı. Mektup, bilgisayarda "arial black" karakterinde yazılmıştı. Lise yıllarında bir dönem, el yazılarından karakter tahlillerini yapmak en büyük merakıydı. Tahminleri isabetliydi, ama nedense sonradan sıkılmıştı. Yine de, o dönemden kalma bir alışkanlıkla şimdi de bilgisayarda yazılmış mektupların, önce karakterine bakıyordu. Ve biliyordu ki, "arial black" karakterinde yazılmış mektuplar, onun için tehlikeliydi.

Sayın Seçkin Ersin,

Sizinle, 10 Haziran Perşembe günü, saat tam 14.00'te lunaparktaki sihirli aynaların girişinde buluşmak istiyorum.

Saygılarımla

....

İmza yerindeki üç noktaya takılmadı. Artık anlamlar peşinde koşmuyordu. Ve biliyordu ki, el yazısından tahlil yapmak; şimdi bu noktaların anlamını çıkarmaya yardımcı olmuyordu. Noktalar, mektup, Ilgım, aşk, tutku, özlem, serüven, acı... Düşünceleri kilitlendi. Kalakalmıştı.

10 Haziran, Perşembe

Seçkin saat tam ikide, sihirli aynaların önündeydi. Lunaparkta sihirli aynalarda...

Acaba, kiminle karşılaşacaktı? Sedat Halit İngiltere'den dönmemişti! Yoksa dönmüştü de, Ilgım da o nedenle mi arayamamıştı? Bunu hiç düşünmemişti. Ilgım, cep telefonundan nefret ettiği için, kullanmazdı, ama evden arayabilirdi. Sedat döndüyse, gündüzleri işteydi, belki de işe gitmemişti... Belki de Ilgım hastalanmıştı. Keşke, evin anahtarını hemen vermeseydim diye, az mı hayıflanmıştı.

Saat tam ikiydi! Çevrede okulu asmış öğrencilerden başka kimse gözükmüyordu. Birkaç tane garip kılıklı adam. Oysa ki, eskiden lunapark... Üniversitedeyken az mı gelmişlerdi? Bayağı da eğlenirlerdi.

Hem o zaman, bu kadar çeşitlilik yoktu. Bugi bugiler, çarpışan arabalar, dönmedolap, salıncak, korku tüneli vardı...

— Seçkin.

Seçkin, arkasından duyduğu sesle iliklerine kadar irkildi. Bu ses... Hayır, kesinlikle bu duyduğu ses gerçek olamazdı, bu bir sanrıydı... Korku tünelini düşünürken, korku tüneline düşmüştü. Hayır, kafasını çevirirse ölebilirdi, hayır bu ses...

— Seçkin.

Seçkin, başını çevirdiğinde, rengi bembeyazdı. Bedeni de taş kesilmişti. Tıpkı bir heykel gibi...

— Ilgım!!!

— Evet, ben.

Ilgım'ın gözlerine baktı, ama anlamadı; uzak mı, durgun mu, soğuk mu, üzgün mü, sanki o gözlerdeki donmuş...

Seçkin şok geçiriyordu. Evet, tüm düşünceleri durmuş, tüm sözcükleri unutmuş ve gözleri...

— Senin burada ne işin var?

— Randevu istemiştin.

Yine Ilgım'ın gözlerine baktı, yine anlamadı; uzak mı, durgun mu, soğuk mu, üzgün mü, sanki o gözlerdeki donmuş...

— Yani...

Evet, bu ya bir rüya ya da burası korku tüneli. Karşısında, kendini takip ettiren Ilgım... Evet, bu kesinlikle bir rüya...

— Yanisi yok.

— Ilgım, beni delirtmek mi istiyorsun?

Hâlâ Ilgım'ın gözlerine bakıyor, ama hâlâ anlayamıyordu. Donmuş gözlerinden gözyaşı yerine çiğ taneleri akıyordu. Soğuk esiyordu, çok soğuk...

Seçkin, bir anda kendini kaybedip; Ilgım'ı sarsmaya başladı. Hani sanki, Ilgım biraz daha böyle kalırsa; onu elleriyle, elleri... "eller" heykeli...

— Neden böyle bir oyun oynadın?

Ilgım'ın bedeni, Seçkin'in ellerinin arasında sarsılıyordu. Topuzu şimdi dağılmış, canı acıyordu. Seçkin'in elleri kollarını sıkarken. Seçkin'in elleri... "Eller" heykeli...

— Bunun seninle hiçbir ilgisi yok.

— Ne demek benimle ilgisi yok! Ilgım, bana hemen her şeyi anlat; yoksa elimden bir kaza çıkacak.

Ilgım'ın gözleri, şimdi Seçkin'in ellerinde. Elleri... Ellerden çıkacak kaza... Bir bıçak mesela, eldeki bıçak ve bıçağın etine saplanışı ve kan... Ellerden kaza çıkacak... Eller Ilgım'ın boynunda ve boynunu sıkarken, Ilgım'ın soluklaşan rengi, nefes alamadığı için yaptığı çırpınışlar ve ölüm... Ilgım'ın gözleri şimdi Seçkin'in ellerinde, "eller" heykeli...

— Lütfen, biraz sakin ol. Benim için de kolay değil. Anlıyor musun, hem de hiç kolay değil.

Ilgım'ın gözlerine baktı, sanki bir çığlık... Ilgım'ı sarsmayı bıraktı, bir sigara yaktı.

— Sigaranı söndür. İçeriye giriyoruz.

— Hangi içeriye?

— Aynalara.

— Ilgım!!!

— Her şeyi öğrenmek istemiyor musun? Hadi gel...

Seçkin gergin, sihirli aynalara girdiler ve rüzgâr aynaları dondurdu. Aynaların düzelmesini beklediler.

Ilgım, şimdi bir aynanın karşısında; şişman ve kısa boylu.

— Bu aynadan bana bak, beni ne kadar yansıtıyor?

Ilgım, başka bir aynanın karşısında; uzun ve zayıf.

— Şimdi de bu aynadan bana bak, ne kadar beni yansıtıyor?

Ilgım, karşılıklı duran iki aynanın ortasında; sonsuz.

— Şimdi de bu aynalardan bak, beni ne zaman; ne kadar yansıtıyor?

Ilgım, aynalardan uzaklaşıp koridorda duruyor.

— Bak şimdi aynalar yok ve ben kendimi göremiyorum anlıyor musun? Bana bak, gözbebeklerime, kendini görüyorsun değil mi? Ama, hangi kendini, benim sana yansıttığımı mı; yoksa senin bana yansıttığını mı? Hangisi gerçek ve ben hangisiyim? Hangisi gerçek ve sen hangisisin? İşte bunun yanıtını ararken...

Seçkin öfkeli, Seçkin kırık, Seçkin şaşkın...

— Neden ben?

— Çevremdeki erkeklerden farklı, akıllı ve duyarlı olduğunu sandığımdan, macera tutkunluğundan, gazeteci oluşundan. Aradığım her şey sende varmış gibiydi. En önemlisi de, zekâ ve duyarlılık.

— Peki, ama bunları nereden öğrendin?

— Damla'dan. Kadınlar, birbirlerine tüm sırlarını anlatırlar.

— Ama mektup geldiğinde, Damla ile ayrılmıştık...

— Dört ay önce ayrılmıştınız.

Şimdi, ikisi de lunaparkın gürültüsü içinde, yan yana sessizce yürüyorlardı. Çevreden gelen, sağır edici müziği bile duymadan...

— Peki, o kaldığım ev?

— Kız kardeşimin evi. Amerika'da astroloji okuyor.

— Teleskop da onun...

— Evet, ben sadece merceğini değiştirttim. Görüntüler düz olsun diye.

Seçkin öfkeli, Seçkin kırılmış, Seçkin hayal kırıklığına uğramış...

Ilgım üzgün, Ilgım suskun, Ilgım hayal kırıklığına uğramış...

— Beni hiç sevmedin mi?

— Seni hiç sevmedim mi?

Lunaparkın çıkış kapısına geldiklerinde, aynı yoldan farklı yaşamlara yöneldiklerini belki biliyorlardı. Ama, aynı sözcüklerle konuşurlarken, farklı anlamlardan bahsettiklerini Seçkin hiç bilemedi...

Birkaç gün sonra gazetedeki birinci sayfa haberi!!!

İŞ ADAMI SEDAT HALİT, İNGİLTERE'DE SEVGİLİSİ İLE YAKALANDI!..

SEDAT HALİT İNGİLTERE'DE SEVGİLİSİYLE BERABERKEN, EŞİ ILGIM HALİT, HEYKELLERİ İLE SEVİŞTİĞİNİ ANLATTI.

Heykeltıraş Ilgım Halit için heykel yapmak...........

Seçkin ERSİN